# 让自己厉害100倍

蔡志忠
仲晋锐　著

山东文艺出版社

图书在版编目（CIP）数据

让自己厉害 100 倍：蔡志忠的"学习宝典" / 蔡志忠，仲晋锐著 . -- 济南：山东文艺出版社，2023.1
 ISBN 978-7-5329-6461-1

Ⅰ．①让… Ⅱ．①蔡… ②仲… Ⅲ．①学习方法 Ⅳ．① G442

中国国家版本馆 CIP 数据核字 (2023) 第 003663 号

让自己厉害 100 倍：蔡志忠的"学习宝典"
RANG ZIJI LIHAI 100 BEI: CAIZHIZHONG DE "XUEXI BAODIAN"
蔡志忠　仲晋锐　著

| | |
|---|---|
| 主管单位 | 山东出版传媒股份有限公司 |
| 出版发行 | 山东文艺出版社 |
| 社　　址 | 山东省济南市英雄山路 189 号 |
| 邮　　编 | 250002 |
| 网　　址 | www.sdwypress.com |
| 读者服务 | 0531-82098776（总编室） |
| | 0531-82098775（市场营销部） |
| 电子邮箱 | sdwy@sdpress.com.cn |
| 印　　刷 | 济南新先锋彩印有限公司 |
| 开　　本 | 787mm×1092mm　1/16 |
| 印　　张 | 15.25 |
| 字　　数 | 160 千 |
| 版　　次 | 2023 年 1 月第 1 版 |
| 印　　次 | 2023 年 1 月第 1 次印刷 |
| 书　　号 | ISBN 978-7-5329-6461-1 |
| 定　　价 | 68.00 元 |

版权专有，侵权必究。如有图书质量问题，请与出版社联系调换。

# 序一　学习之秘

蔡志忠

《礼记·学记》篇说，如果一个君子已经知道学习有没有成效，全在于教授的方法是否得宜，那么，他才可以为人师表教导学生。君子开导学生的正确方法为：

单纯授之以道，而不私加导引。

全力以赴教学，而不抑制学生发问。

启发学生，而不示之以答案。

不私加导引，则融洽。

不抑制发问，则和乐。

不示之以答案，则引发学生思考。

融洽，和乐，引发学生思考……

这便是最高境界的教学方式了。

两千多年来，我们的教育体系并没有遵守《礼记·学记》篇中的要求。

我会跟一般人有所不同的关键是早教！一岁就开始上天主教道理班，三岁半已经会背诵经文，大脑里有500至1000个《圣经》故事和50至100个厉害人物（如诺亚、摩西、耶稣基督）。同时也引发思考：我是谁？我从哪里来？我要去哪里？四岁半时从爸爸送我的小黑板上找到了人生之路，发现我很爱画画，很会画画。也下定决心——只要不饿死，便要画画一辈子。

**我常说：每个小孩都是天才，只是妈妈不知道；每个人都能厉害 100 倍，只是自己不相信。**

观世界上各个领域的成功人士，他们能在自己的专业领域出类拔萃的原因就是：大量阅读、活用知识和学习能力。

我一生大概看过 30 万本书，对于学习我也有一套独门功夫：

三十岁时才开始学桥牌，一年后便能在中国台湾拿冠军。2005 至 2013 年连续九年代表中国台湾打亚太杯，2008 年、2012 年、2013 年三次参加世界桥牌团体锦标赛，直到目前，共夺得 125 个冠、亚军奖杯。

三十六岁到东京学日语三个月，便能以日语接受新闻采访。

四十二岁移民温哥华，自学英语，并出版了 2500 个英文单词的图像英文记忆法。

五十岁闭关研究物理，2009 年于中国台湾研究院物理所发表了《东方宇宙》《时间之歌》《物理天问》三本物理著作。

五十四岁开始研究数学，直到今天我还是每天凌晨一点以前起床，思考物理、数学。

# 序二 人生最美是相遇

仲晋锐

现在世界进入了物质文明高速发展的时代，日新月异的变化，让人目不暇接。信息技术的发展遍布全球，极大地丰富了我们的知识，让我们看到了更广阔、更精彩的世界，让每个人兴奋不已。我们有足够的素材去谈宏观，谈微观，谈远古，谈天涯海角的事，谈周围所发生的事。我们似乎无所不知，无所不晓。

这是一个快节奏的时代，每个人的脑海里都充斥着很多知识碎片，以及别人的零散观点。但是，信息是不值钱的，绝大部分信息跟我们一丁点关系都没有，但我们还在乐此不疲地吸收它们。在互联网时代，真正有价值的，值得我们花时间去探究、深入了解的是什么？是先贤们的经典，是那些经历了时间的沉淀而保留下来的亘古不朽的智慧。

这些智慧，恰恰有时是以一种冗长的、难以理解的形式呈现，令渴望探寻的我们望而却步。

四年前,我有一天在书架上找到了一套蔡志忠的"漫画国学经典",随即开始阅读。遇到这套书,宛如找到了宝藏。这套书以一个六岁小孩就能懂的语言,叙述了一个个让八十岁的老人还值得去思考的故事与问题。阅读的过程中,时常会有醍醐灌顶之感,他独特的视角,直抵世界及生命的本质,使得整本书充分展现了他对世界超凡的洞察力。我的灵魂在某个节点上一直颤动不止,过往的情节变成一盏盏单独、立体却不乏联系的路灯,一闪一闪,照亮黑暗,将我内心的人文世界之网一点一点地编织起来。

那时的我心中就已经异常坚定:一定要拜蔡老师为师!

人生最美的相遇,就是人与书的相遇和人与人的相遇。我相信,我与蔡先生的相遇,是偶然也是一种必然。他的思想在一开始就打动了我,我对研究智慧怀有极大的热情。我认为知道每件事物的原因,了解它们怎样生成、存在、变化与消亡是一件很崇高的事情。

蔡先生既非单纯的艺术家,亦非现代意义上的漫画家,仿佛我们找不到一个词来概括他的全部——艺术家、思想家、商人、学者、觉者、禅师、收藏家、桥牌冠军……对此,我更愿意称呼他为"心灵摄影者"或"智者"。他欣赏想象力与自然的光芒,也崇尚逻辑。漫画只是他的一种表现形式,是他对艺术的深刻感受与洞察。他赞同伊壁鸠鲁的观点,认为快乐与获取智慧并无冲突,因为创作的过程中人就沉浸在喜悦当中。他自身在思维和逻辑的顶峰,以及艺术与想象的世界之间徘徊,也借此使得他的作品跌宕起伏,在古典与现代、沉思与有趣之间荡漾。

他不会刻意营造理解上的困难以看起来更加高深，他笔下的形象都很戏剧性，冲突激烈而节奏适中，其中又具有不错的思想性。对于任何一种经典来说，思想性都是关键的，能在轻松之余让人不由自主地去思考一些东西，这才是蔡先生正在做的。

他能保留孩子般看世界的眼光，又能成熟地知道保留这些的意义。

终于，我在 2021 年夏天与这位大智者真正地相遇，并与他畅谈了半年的自然、历史、宇宙、数学、物理、绘画，并有了动力将这些以这本书的形式呈现给各位读者。

这位当年仙风道骨，如今已皈依佛门的传奇人物、漫画大师，在常人看来是一位奇人，他的生活方式超凡脱俗，思想维度高出天际。他的谈吐中对于生命的理解和对于人生的思考，超凡的智慧，深刻的造诣，集百家之长，融圣贤之智，言语铿锵有力，引人深思。

从知识的角度来说，他很渊博，对儒、释、道和物理、数学都很精通，曾经花十年的时间闭关研究物理，他的生活方式本身就是一种行为艺术，一种不受限制、不妥协于外在、只按自己喜欢的方式去生活、活得纯粹的生命艺术。作为一名艺术家，他是真正地把艺术融入生命里、血液里，包括生活方式里，就如同尼采以一种哲学的生活方式来当一名哲学家一样。

蔡老师一生专注的领域有漫画、动画、桥牌、镏金铜佛收藏、禅宗佛学、物理、数学、道家思想、中国智慧起源等，把自己的一辈子活成了十辈子。他是当代难得的一位开悟智者。悟道，是人的本分。他曾说：每个人在自己的一生中应该想通，这辈子的人生之路要怎么走，悟通自己的人生目的，然后依实行进。

蔡老师的思维是跳跃的，是活的，是富有创造力的，你永远无法猜出此刻蔡老师的脑海里又出现了什么新的灵感。他时常会从数学聊到宇宙，再讲到为人处世。创造的能力已经与他朝夕相处了七十余年，已经变为他生活中理所应当、必不可少的事情。他开玩笑地拿来厚厚的一摞马克笔画，说这仅仅是在一天之内创作的，我们眼里的忙碌，在他的眼里哪有这回事。

的确，纵观他的一生，旁人绝对会忍不住啧啧称奇。

他以自学的方式，成为当代智者。因为父母是天主教徒，他一岁就开始听《圣经》故事。三岁半已经会背诵各种经文，三岁半的他，躲在桌子底下，开始思考自己的人生之路。四岁半的时候，他找到了人生之路，立志一辈子画画，只要不饿死就一直画下去。初二时，他将自己的作品寄给中国台北的集英社，暑假时便收到了聘任通知。不久月薪高达万元，那时候小学老师的月薪只有600元。他的作品曾获1981年金马奖最佳卡通影片。1983年开始创作四格漫画。《庄子说》《老子说》《列子说》《大醉侠》《光头神探》等二百多部作品，在46个国家和地区，以多种语种版本出版，销量超过了4000万册。

三十六岁时他已经拥有220万人民币，他说这辈子赚钱的事够了，从此不切割任何生命去赚钱盈利，所有的时间都归自己享用。于是他闭关三年研习佛法，禅宗的宗旨正是：不立文字，教外别传；直指人心，见性成佛。避免语言文字限制禅宗的意义，认识自我本心才能悟出真正的佛性。佛理至简，蔡志忠用画画出了自己心中的佛。

2006年,他获得了亚洲桥牌赛第一名,家里还排列了125个冠、亚军奖杯。

他连续九年,每天花一万块人民币买一尊铜佛,没有一天不买的。共收藏了3381尊铜佛,如果有人拿来一尊铜佛,他能够立刻判断出它是哪一年生产的。他闭关十年,苦学物理,准备配合漫画来诠释物理学,他坚信自己在物理学上的成就将超过漫画。他要写一本初中二年级学生都看得懂的物理学读本。他说他发现了"时间方程式",这是一个从来没有被物理学家们发现过的公式。他画了14万张纸,写了1300万字,试着向人们证明这是真的。

他曾经坐在椅子上58个钟头,做一个4分钟的动画片头;曾经42天没有打开房门,把自己关在屋子里面做一件事;曾经待在日本四年时间,画"诸子百家"和四格漫画;曾经耗时十年,研究物理、数学……

他拿着破布包,穿着破鞋子,裤子带着补丁;不要闹钟,不用手表;吃得很少,说得很少,睡得很少。

他的一辈子的确比别人的十辈子还精彩。

每一个伟大的作品都有一系列动机作为其推动力。借此,我们认为:"漫画诸子百家"系列、《天才与巨匠》《生命的微笑》等,这些与蔡老师心境的联系是一种必然——它们是创作者对于过去的经历,以及自身处境思考的结果。创作的波涛,来自蔡老师本不同于其他人的天命,这项天命是他四岁时就已经找到并践行的。他找到了一种心理上的平衡作为内驱力,充分发挥自己的想象,来抒发自己内心对于先贤们的感慨。提笔绘画,正是在表达并实现自己强烈的对于内心思考的呼唤和吁求。

当一个人找到了自己的最爱，对其他的都不在乎时，你会发现人生的最大秘密：原来完成一项事物不是工作，而是人生最大的享受。

人生的意义与其说是一个命题，不如说是一种实践。它不是深奥的真理，而是某种生活形式。

创作宛若蔡老师的老朋友。每当他寂寞时，就会拿起能够表达他心灵的画笔，画笔对他而言就是心灵的双手。当他仰望天空感叹之时，马克笔便与他在纸上对话；当他感叹夕阳之时，则是换一支继续完成畅谈。唯一不同的是，身为旁观者的我们可以直观地看到灵魂之间的对话、对白。一张一张的画，就是一段一段的记录。

他曾说过：每个人都是天才，只是自己不相信！每一个人都有能力重新打造自己，使自己厉害十倍、百倍。

每个人都想把手伸向夜空，去捕捉那属于自己的星星。但却极少有人能正确地知道自己的星星在哪一个位置。而我，正是希望通过本书，以学习作为出发点，让各位读者寻着伟人的脚步，找到自己的宝典，我们何惧前行！

2021 年 12 月于杭州西溪湿地

# 目　录

序一：学习之秘
序二：人生最美是相遇

## 第一章　重新认识学习 /001

学习的目的 / 003
学习的秘诀 / 007
认识你自己 / 012
向世间的一切学习 / 013
17 条学习守则 / 016

## 第二章　认识自己 /017

知人者智，自知者明，胜人者有力，
　　自胜者强 / 019
光有努力没用 / 024
做其所能，乐其所做 / 026
明确你的目标 / 028
自信的秘密 / 034
随时反思 / 038

自我蜕变：为自己更新软件 / 040
保持浪漫与纯真的心态 / 042

## 第三章  最重要的人生大问 /043

最重要的人生大问！/ 045
生命是用来完成梦想的 / 047
及早找到自己人生的那把刷子 / 049

## 第四章  学习之道 /053

天才总是起步很早 / 055
知道不知道才是真知 / 063
学习好的奥秘 / 064
学习不是为了文凭 / 065
学习不能只靠老师 / 068
自我教育，自学成才 / 070

## 第五章  高效学习方法 /073

拥有自己的学习宝典 / 075
学习的诀窍 / 077

用以致学 / 079

轻松学习的关键点 / 081

有效开发大脑 / 081

阅读的技巧 / 083

创造自己身后的 1000 个柜子 / 086

思考的方法 / 088

制心于一处 / 090

## 第六章　快速记忆的奥秘 /095

学习的要领 / 097

图像记忆法 / 098

英语快速记忆法 / 105

日语快速记忆法 / 113

数学学习宝典 / 125

## 第七章　让自己厉害 100 倍的方法 / 133

疯狂投入 / 135

高效的时间管理 / 142

做自己做到止于至善 / 146

创意不会自动从天上掉下来 / 147

## 第八章　我思故我在 /151

装睡的人是叫不醒的 / 153

观念决定一切 / 155

思考得越早越好 / 163

思考先于行动 / 164

思考的姿势 / 169

思考的时机 / 170

思维的净土 / 173

独立思考 / 175

人如果没了问题，人生便会有问题 / 180

逆向思维 / 182

## 第九章　我的人生我做主 /185

人生如同盖一栋大楼 / 187

以终为始，创造命运 / 187

要么不做，要做就做第一 / 190

以己之长，闯荡江湖 / 195

创意与想象力 / 196

战胜自己需要一辈子 / 198

机会永远留给早已准备好的人！ / 200

## 第十章　学习宝典 /201

　　38 条学习箴言 / 203
　　蔡式成功秘籍 / 207
　　蔡志忠的修身之道 / 208
　　我与蔡志忠 / 210
　　人生智慧箴言 / 218

# 第一章
# 重新认识学习

## 学习的目的

亚里士多德在《形而上学》中的第一句话是:"每一个人在本性上都想求知。"

他解释说:人出于本性的求知是为知而知、为智慧而求智慧的思辨活动,不服从任何物质利益和外在目的,因此是最自由的学问。哲学的思辨最初表现为"诧异",诧异就是好奇心。最早的哲学家出于追根问底、知其所以然的好奇心,对眼前的一些现象,如日月星辰、刮风下雨等感到诧异,然后一点点地推进,提出关于宇宙起源和万物本源的哲学问题。

教育就源自人类求知的本性,只要人类还对未知事物保有探索欲,教育就不会消亡。

《荀子·劝学》篇说:"不登高山,不知天之高也;不临深溪,不知地之厚也;不闻先王之遗言,不知学问之大也。"

没错,人人都知道天很高,但是站在高山顶上望过天的人和坐在飞机上俯瞰过大地的人,与一辈子生活在平原上的人相比,他的视野是不同的。

婴儿是一团素胚，把它放在什么样的模子里，就会烧出什么样的瓷器。

蔡志忠经常说：所谓龙生龙，凤生凤，指的是人的身躯、体形、长相。

白人父母生下白人小孩，黑人父母生下黑人小孩，黄种人父母生下黄种人小孩。

如同我们买一台索尼计算机，便有索尼计算机的硬件；买一台苹果计算机，便有苹果计算机的外形。

但相同品牌的计算机买回去之后，使用者们装上自己的软件后计算机立刻变得完全不一样。有的人用来制图、绘制动画、处理账册，有的人则是用来上网、聊天、打电玩。

人类是社会的产物，如果一个人脱离了社会，不在社会中学习，此人跟动物也没什么区别。狼孩的故事，就是最好的例子。

蔡志忠曾经讲过一则"人猿泰山"的故事："你听过'人猿泰山'的故事吧？一个男婴被猩猩抚养长大的故事，这确有其事，而不是刻意编出的童话故事。"英国司各特伯爵夫妇带着儿子旅行，在非洲海岸遇到大风，船被巨浪打翻，全船的人只有司各特伯爵一家爬上了热带丛林的无人荒岛。司各特伯爵夫妇很快就被热带丛里突发的疾病夺去了生命，只留下了小司各特。后一群大猩猩收养了只有几个月大的小司各特，他跟着猩猩生活。

二十多年后，一艘英国商船在无人荒岛抛锚，船员在岛上发现一个青年像猩猩般灵巧地攀爬跳跃，会用两条腿走路，也会讲人类语言。船员将他带回英国，引起轰动，科学家像教婴儿那样去教小司各特，教他人的各种能力，以使他能重归人类社会。

花将近十年，小司各特只学会穿衣服，用双腿走，他习惯像猩猩那样以吼叫表达情感。小司各特接触人类时已经二十多岁了，学习语言的能力已经在他身上永远消失了。

世界各地还有很多这样的例子。

英国哲学家约翰·洛克认为："人本身是不带有任何记忆和思想的，人所经历过的感觉和经验才是塑造思想的主要来源。心灵开始时是一个空橱柜，一个人的好坏、能力高低，都取决于他们所受的教育。"

法国启蒙思想家爱尔维修说："人刚生下来，原本没有性格，人会有荣誉感和爱心，是后天教育的结果。人人都具有相同的学习能力，教育具有无限潜力，能解决人类的思想行为问题。"

如果把自我比作一条河流，那么这条河流的每一滴水又是什么，即真正塑造这条河流的是什么？或许有人会说，是外部环境，但我想并没有这么简单。因为即使在相同的环境下，也有可能成长出截然不同的人，就如处在相似环境中，甚至基因都十分相似的双胞胎，也有可能发展出两种截然不同的性格。因此，环境固然影响着每个人"自我"的塑造，但真正决定"自我"的，一定是后天的学习（这种学习不仅仅是在教室内的学习）。

如果你问蔡老师学习的目的是什么，他会这样回答：

"学习就是要用，如果不用，学会了也没有用。就像当初念大学时学微积分，考完试，毕业之后还有谁记得微积分？无论是学英语、日语、数学、桥牌，都是用以致学，而不是学以致用。没有哪个婴儿学不会母语。学习的要领是：像婴儿学习语言一样，在学习中大量地使用，在使用中大量地学习。边学边用，边用边学。学习的吸引力来自一定的临界距离，相隔太远或太近，都会失去吸引力。把学习当成天性、未知，对于我们便充满诱惑和吸引力。学习是人生最重要的投资。学习最方便、有效的方法是：读书，以前人的经验为师。"

每个小孩的诞生，都代表着生命的无穷希望。
然而，我们应该如何正确地学习？
人异于其他生物的地方就是：人有提升自己的能力！
使自己与众不同，只是通过"学习"而已。

## 学习的秘诀

在这里我想说明：书中所提及的蔡老师的学习方法，我也一直在身体力行地去验证。

蔡老师小时候，村子里的父母大都认为小孩念完小学会写字看报纸就够了，小学毕业之后大多数人就去当学徒，无论是学木匠、铁匠、水电、装潢，还是学做面包或当厨师，三年四个月的学徒生涯，师傅只提供吃住和一点点零用钱，四十个月后学徒成为标准师傅。从此，他便能养家糊口、结婚生子。

传统工艺教学，在用以致学的环境中由专业师傅亲自教导，只需要 1200 天便能学成。

学习的秘诀是要在正确的环境中，在正确的老师的指导下，用以致学，在大量使用中学会。无论学做面包、厨师，还是学计算机、数学、英语，都是如此。只要在对的地方，由对的老师教导，集中"火力"密集学习，大概也只需要四十个月便能学成。

单由老师在教室讲课，在黑板上写字，学生呆坐在课堂的学习方式，效果十分有限。教育误区就是把学生看成苦行僧，在教室中严肃地进行教育，而忽视了自然教育和自我学习。

赫伯特·斯宾塞说："孩子在快乐的状态下学习最有效。"

为了考 100 分而读书和喜欢看书分属两个不同领域，跟老师学习和自我学习也是两种完全不同的境界。学习的要领是：
及早拥有自我学习的能力，自发性学习。

"知之者不如好之者，好之者不如乐之者。"
每当住在杭州西溪工作室时，蔡老师像修行中的禅师一样，每天清晨打扫后院湖边的露台，他喜欢把每片落叶扫得干干净净。

有一次他边扫边想："如果是别人要我每天扫后院，又由那个人决定我扫得干净或不干净，是不是还要重扫，那么我一定视扫后院为苦差事。如果是我自己乐意扫，也由我自己决定是不是扫好了，那么我就像现在一样乐在其中。"

孔子说，知道要学习，不如爱好学习，爱好学习，不如能自得其乐地学习。

因听命于别人而用功的努力不会长久，自发性学习才会乐在其中。

大多数人都深感学习缓慢、困难……事实上学习是有诀窍的，每个人都应该有自己的独门招数。

当然人各有不同，对于任何学习，各有各的招数，及早找到自己的学习宝典，学习的道路才能变成宽畅的高速大道。

亿年前，蜘蛛一出生便会吐丝、织网，而人类生下来时只会哭。亿年后，蜘蛛一出生还是只会吐丝、织网，而人类出生后，通过学习，可以成为工程师、数学家、科学家、物理学家……

孔子说："性相近也，习相远也。"每个人的资质原本相差不大，但由于不同的学习，加大了人与人之间的差距。

听别人说过的叫作"知"，自己亲眼看到的叫作"识"。将知识转化为自己的正确观念，才是学习过程中最重要的事！

一切知识均起源于观念。知识不是资料的记忆，而是观念的形成。

在学习方面，深邃比广博重要！学习不是要学得多，而是要学得精。生命短暂，而知识无穷，如何以有限的生命，去学习无限的知识？如果我们的一生只需要使出一把最棒的刷子，为何要同时追求无限多把？

我们学语文、英语、数学、物理、化学，但最重要的人生问题反而没有人教，也没有人学……如何悟通生命的实相，将一生过得华丽丰富？

当你能从一粒盐中尝到海洋的味道,从一缕花香中闻到春天的香气,从一张白纸上看到自己的人生之诗时……你便完全悟通了人生。

教育使学习变成一种本能。学习的要领是:及早掌握自我学习的能力!

能把知识用在最关键之时,发挥得恰到好处叫作"智"。能自我扫除一切错误观念和不正确的见解叫作"慧"。

智慧不是比聪明更高一级,智慧不是大聪明!聪明是以听过、看过、过去所会的方法应付现在所面临的问题。智慧是扫除自己过去的种种错误,以现在最恰当的方法解决所有的问题。

几千年来,中国一向都是实施师徒制授业,徒弟只要跟着师傅学习三年四个月(四十个月)便能学成,就可以独当一面成为该行的师傅。而今天,在现代化的学校学习,什么都教,什么都学,从小学一年级到大学毕业,在学校学了192个月,还无法直接成为专业师傅,最主要的原因是学了很多很多跟自己的那把刷子没有任何关系的东西。

1985年4月22日,蔡志忠到日本东京闭关四年画"漫画中国哲学思想"。

由于日本是全世界漫画较为发达的国家之一，他从十五岁当上职业漫画家以来，就梦想有一天自己的漫画能在日本出版。期待自己能打入日本的漫画市场，会讲日语应该是最起码的门槛，于是他到早稻田大学隔壁的"国际日本语学校"上了三个月初级日语课程。

由于当时他与日本漫画家市川立夫一起住在东池袋练马区樱花台的简单组合屋里，上完日语课之后，每天晚上还到四谷东京桥牌社打牌，比赛结束后便跟日本桥友到居酒屋喝酒，畅谈刚打过的有趣的牌局。

因此他学日语的速度很快，发音也很标准。加上他用图像记忆法轻松背好几千个单字，三个月后他便能以日语接受东京新闻采访。当时的两位负责采访的新闻记者非常惊讶，真不敢信只学三个月日语的他竟能学得这么快、这么好。

无论我们学习数学还是学语言，都是用以致学，而非学以致用。是用了才学会的，一个句子只要亲自到外面用过一次之后，便能终生记住，终生受用。

> 学习有三个过程：
> 一开始不知道自己要什么，而广泛学习；
> 知道自己要什么，为达成专业而学；
> 知道自己不要什么，舍去错误的见解。

于是，自己已经由学的阶段，进入了道的境界。

## 认识你自己

"认识你自己"是德尔斐神庙门上的名言，苏格拉底将其作为自己哲学的根基。

我们在刚出生之时，原本怀有正确的心法，心地纯洁无瑕，没有丝毫不良习性。但随着成长、认知，养成种种错误的观念，于是痛苦、烦恼也因而产生了。

在这个时代，我们都习惯把目光投向别人，是时候看看自己了！

找回自己的方式就是把自己的心当成镜子：事情未来时，不期待；事情来时，完全如实反映；事情过了之后，又恢复成空。

心完全融入当下、刹那、瞬间，没有以过去之心、现在之心、未来之心看待眼前的情境际遇。

不自我主观地感受际遇的好、坏、顺、逆之别。

这样的心便能达到：
竹影扫阶尘不动，月穿潭底水无痕。

像潭面不受月影的影响而骚动，心不会被不同情境、境遇所迷惑。

## 向世间的一切学习

真理不在文字表面，我们要跟世间的一切学习，要仔细观察一切。我们观察事物通常都很轻微，误以为自己早已看清楚一切。其实，大多数的秘密就隐藏在不起眼的细节里，可由平凡看出内在的规律。真理像个羞怯的女孩，很怕我们一直盯着她看！看得够久、够深，真相会赤裸裸地呈现在眼前。同样地，一直盯着一个几何代数问题看，也会看出端倪来！

西方物理学家说："如果你没有跟物理公式的发现者陷入一样的困境，跟随他走过相同的路径，你不可能完全理解他所发现的物理公式。"

很多修行者四处求道，到森林里修行，为了得到人生实相。因为他们都知道真理并不存在于经典文字里，真理隐藏在生活的周遭里，我们不可能从别人手中取得真理，除非我们亲身体会。

学习并不是阅读书本，更不是为了考试。而是增加我们看世界的广度、高度与深度。

"人法地，地法天，天法道，道法自然。"

我们不只是跟古圣先贤学习，跟当代的智者、贤人学习，还要跟天地自然学习，跟水学习。

老子说："上善若水，水善利万物而不争。处众人之所恶，故几于道。居善地，心善渊，与善仁，言善信，政善治，事善能，动善时。夫唯不争，故无尤。"

水没有自我，给它方形杯子它便呈方形，给它圆形杯子它便呈圆形。水往低处流，不与人争高，因此天下无人对水产生怨恨。

跟大海学习，海因为低下所以才能聚为大海，因此地位越高，身段要越低。

蔡志忠从自己的经历出发，谈起了他向全世界学习的经验。他说，刚到台北画漫画时，他只会画古装武侠漫画，不擅长画卡通动物、现代人物和高楼大厦。

当时，他经常到牯岭街旧书摊买书，发现香港出版的《儿童乐园》每期都有两三个单元是由外国绘本改编的漫画，于是他开始收集《儿童乐园》，学习世界绘本大师们的画风。

后来，他才有能力画出《大醉侠》《肥龙过江》《光头神探》《庄子说》《老子说》《佛陀说》《心经》《猫科宣言》等二十多种风格的作品。

他说:"无论任何领域,手艺的进步来自眼界,作者视野开阔才能画出一流作品。我始终相信,学习要向全世界学,如果我们看尽了全世界所有一流画家所画的作品,自己就不可能画出没有水平的作品。"

接着他讲起佛陀的故事来。有一天,佛陀带弟子们经过一片森林。佛陀从地上捡起一片叶子,回头问弟子们:"弟子们啊!你们说是我手上的叶子多呢?还是整个树林的叶子多呢?"弟子们回答道:"老师!你手上只有一片叶子,如何能跟整个树林所有叶子相比呢?"佛陀说:"是的!我手上只有一片叶子,不能跟整个树林有如恒河沙的叶子相比。我所能教你们的也如同我手上的一片叶子一样,而世间能让你们学习的如同整个树林的叶子一样多。"

学习不只是在学校跟老师学,还要跟全世界过去、现在的任何人学习。例如,学画时,老师所教的只是佛陀手上的那片叶子,由过去到现在整个美术史中的所有画家,才是整片树林的全部叶子。

真理像一粒融入水中的盐,看不到,拿不着,但水中处处都存在着真理,处处都尝得到真理的滋味。

本质唯有品尝时才能显露!

# 17 条学习守则

只要及早规划自己的人生，从小按部就班做好以下 17 个步骤，便能行云流水地活出自己精彩的一生：

1. 了解自己。
2. 点燃心中的黎明。
3. 改变观念。
4. 规划人生蓝图。
5. 自我学习。
6. 拥有学习宝典。
7. 选择人生的刷子。
8. 寻找自己的天堂。
9. 摆对自己的位置。
10. 及早展露才华。
11. 舍去一切，专精于一。
12. 制心于一处。
13. 勇于挑战自己的极限。
14. 整合资源。
15. 人际关系。
16. 心是身的主宰。
17. 快乐是智慧的起源。

# 第二章

# 认识自己

## 知人者智，自知者明，胜人者有力，自胜者强

> 我们现在处于什么地方并不重要，关键在于我们正朝什么方向移动。
> 如果我们不自己发现自己，还要期待谁来发现我们？
>
> ——蔡志忠
>
> 打开门，最简单有效的方法是手上拥有一把开门的钥匙。
> 成功的关键是观念的改变，从前的老旧观念，无法创出新局面。
> 没有改变观念的努力，效果很有限。
>
> ——蔡志忠

遥想第一次与蔡老师面对面座谈，他对我强调的一点就是《道德经》中的"知人者智，自知者明，胜人者有力，自胜者强"。说实话，当时我对这句话背后的含义还不能完全理解。就像鲁迅笔下

的阿 Q，有着一套自己的精神胜利法。认为这句话对于我们的生活，唯一的作用也只是在我们失落时安慰自己，不过是失败者们的借口罢了——只有输掉比赛的人，才会想到"自胜者强"；而赢的人哪有心思想这些，他们在进行胜利的狂欢呢！

但是，随着我每日的不断思索，我发现这句话绝不仅仅这么简单。我开始审视生活中所遇到的一切人、事、物，并加以深刻地思索。我好似悟透了这句话的真正含义！

如果一个人不自知，没有给自己一个明确的"定位"，那么他一定是空虚的、焦虑的。他的观点与想法都是拼凑起来的，集百家之言，却无核心，无根基，只是东拼西凑。这种思想就像无枝藤支撑的叶子，很容易让人陷入其中无法自拔。由于他从来都不审视自己，所以他并不知道自己真正想要什么，进而就会开始质疑他现在所做的事情有何意义！他在做某件事或者做出某个判断的时候，会因为摘取的都是碎片化的思想，从而会顺着一片碎片走到尽头，也就是陷入极端之中。所以更容易怀疑自己，他自己的观念是易碎的、脆弱的，是不堪一击的，从而一碰到与自己原则相悖的事情便开始残喘，并深陷其中……

"知人者智，自知者明，胜人者有力，自胜者强。"两千多年前的大智者总结出来的道理，至今仍然完全适用于我们的世界。我认为，我们现在最缺乏的就是自知！我们经常把目光投向别人，却从未认真看看自己，很多人天天都很忙碌，却几乎很少能像蔡老师这样每日坐在桌前思考，思考自己是谁，并专心创作。

在这个信息爆炸的时代，我们最需要的就是"自知"这项能力！知人已经不再是一项难题。我们已经习惯了拿着高倍放大镜看别人，而对于自己呢？总是宽简以待，错的也是对的，对的更加是对的。仿佛自己乃宇宙之中心，何错之有！若有错，那也是别人的错！所以，自知并不是一件简单的事。能发现自己的不足并加以改进的人，就是贤者，就是圣人。故孔子言："过而能改，善莫大焉！"

自知，也不仅仅限于清楚自己的不足，还要熟悉自己的内心，认清自己的优势，找准自己的定位，明确自己的目标。简单来讲，就是认清自己想要什么，能要什么，其他的都可以退居一隅，甚至干脆舍弃。

自知，是要知道我们来到这个世界究竟要做些什么。
人这辈子，到底为了什么？
当我们开始思考这个问题，我们的人生就到了一个新的高度，因为这时的我们不会再有任何的恐惧，我们只会盯着人生目标，所有的障碍都会化为乌有。

自知，是要不断地开拓自己的内心，不断地问自己是谁。很多人想成为毕加索第二，或成为爱因斯坦第二。不！你就是你自己！

人一生下来就已经是自己了,而不是别人。如果每个人都想要当别人,那么谁来当你?是啊!如果我不当我,让谁来当我呢?

自知,也是不断发掘自己的才华、爱好与优势的过程。天下没有两个完全一样的人,每个人天生就与众不同。"天生我材必有用",每个人都有过人之处,只是有时他自己不知道!

拿一张A4纸,在左边写上自己最拿手和最喜欢的事物,在右边写上自己最不擅长和最讨厌的事物。努力观察思考,然后你便会渐渐明白自己应该朝向哪边走。人唯有从事自己最拿手、又最喜欢的事,才能获得最大的成功。及早找到自己所追求的目标,然后全力以赴地投入,集中精力,达成目标!

对于生活中几乎所有的事情,我们一般都会先从认识开始,结合自己的知识与认识,然后做出相应的决策或者行为,衡量这些事情自己是做得到还是做不到,做得到的应该如何去做;做不到的是应该放弃,还是想方设法做到。这些其实就是一个认识自我,接受自我,以及超越自我的过程,只是我们可能一直没有意识到,或者从未认真观察、研究过。

世界上物种繁多,每一种生物都有自己的一套维生技能,但大多只是以一种方法谋生。人的速度不如豹、狮子、老虎,体力不如猩猩、大象,适应能力不如细菌、微生物。但由于人有能思能想的大脑,人类才发展成今天的局面。

蔡老师曾画过一张漫画：

一只小鸟飞在长颈鹿头顶上方，对长颈鹿说："虽然你长得很高，但我会飞！"

我们别理会有100万样事输给100万个人，我们要在意的是：自己有哪项赢过全世界？要有一项领先全世界，才能出类拔萃！

我们从有煤油灯、马车的时代，演变为有汽车、火车、轮船、电灯、电话、电报、电影、电视、超音速客机、航天飞机、计算机、互联网的时代。我们从以农业为本的时代变成智能时代，变化大得令人目不暇接。

而这一切的一切建立在什么之上？建立在一部分自知之人不断发掘自己的特长之上，正是这些人编织了现代社会之网！

当小船明白自己是一艘小船时，它就会很安逸地在湖面上悠游，而不会羡慕大船在海洋洲际间行走。"因为他是他，我是我。"

一个人成为很厉害的人，不是因为努力，而是清楚地知道自己要做什么，知道怎么做，知道怎么样把它做好。

一颗石头想学飞翔，必将坠落地面。
一颗石头想学潜水，只会沉落水底。

**一个人一生当中最重要的智慧，就是认识自己。**

人的境界如同挑战山峰一样，你自认为爬得上去，你便能登上圣母峰。你自认为智商有多高，你的智商就会有多高。

自知才会厉害100倍，人生是寻找自己的过程。
超越别人，不算是真正的优秀；超越自我，才是真正优秀的人。

了解自己是人生的第一课！剑客了解自己的剑，枪手了解自己的枪，创意者了解自己的脑袋。

## 光有努力没用

把两只鸟绑在一起，虽然有四只翅膀但飞不起来。努力要有方法，没有效率的努力只是白费力气。

如果你只身纵入大海，哪里都去不了，因为航行于大海靠的不只是毅力，更需要一艘船。

如果孤船浮沉于茫茫大海，则易于迷失方向。因为航行于大海靠的不只是一艘船，还需要航海图和罗盘。

空有毅力成不了事，空有条件也到不了任何目的地。行动需要内在和外在条件都具足，只有这样，才能抵达目的地。

没有目的的努力收效甚微,在一个时钟里面,秒针最努力,动的最多。但我们看表的时候不是先关心时针,再看分针,最努力运动的秒针反而被忽视吗?

很多人努力就像"1+1",他的努力让他加了不少1,但是与其不断地做加法,不如把运算机制改为乘法,所取得的收益相对于比自己努力得多的人高好几倍。

正如蔡老师一直秉承的"乘法哲学",让一部作品衍生为N种形式,贩卖到N个地区的"乘法哲学"!因为努力的证明方式就是结果,蔡老师从来不会提及他有多努力,正相反,他最讨厌这样。他一直鼓励我,要告诉他我做完了什么,而不是正在做什么。

事实证明,光有努力是无用的,努力的方向才是我们每个人应该要思索的。

一个学生说:"我很努力了啊,可是我就是考不好!"你作为父母会怎么想?

一个医生说:"我很努力了啊,可是病人我就是救不活!"你作为病人家属会怎么想?

一个运动员说:"我已经很努力了啊,可是我就是拿不到冠军!"你作为支持他买票进场的观众会怎么想?

## 做其所能，乐其所做

蔡老师在他四岁的时候就找到了自己的志向，并积极兴奋地投身其中。正如他自己描述的那样："神才能无中生有，漫画家有如半个神！因为漫画家想画一双漂亮眼睛，手随着心，漂亮眼睛同时完成。女人怀胎十个月才能看到亲生小孩，漫画家瞬间便可以看到自己的作品。随时处于心想事成之境时，大脑便会分泌脑啡肽，这时有如开悟，身心舒泰到了极点。"

蔡老师每天凌晨一点起床，全力以赴地投入工作，行云流水，速度飞快无比。时间像一股甜蜜流水缓缓地通过整个身心，这时他感受到生命真是美妙，像是置身于天堂，这种至乐之境难以用语言形容。

蔡老师曾反复跟我强调一点："如果你想跟我学，必须先学会每天早起。"

如果我们选择自己的最爱作为职业，又能胜任它，心灵的收获是物质所不能比拟的。所以很多艺术家居陋室而不改其乐。

蔡老师总是面带笑容，笑对一切。他一直秉承着一个观念：如果你在创作的过程中还会感觉到你在工作，那么你并非在进行真正的创作，真正的创作是一种兴趣，你不会把它当作累赘。恰恰相反，如果你一天不创作，你就会很难受，这才叫真正的创作。

有趣的是，一开始我来到杭州跟蔡老师学习之时，他允诺每天的下午三点半教我一个钟头。第一天上课，我满怀期待地踏入蔡老师的工作室。本以为他会严肃认真地在那里等待我到来，手边放着一大堆资料；但是我却看到他竟然在跟亚运会桥牌选手打桥牌，并告诉我第一节课的内容就是看他们打桥牌！当时的我还不大理解蔡老师的用意，现在回头想想，也许他就是在时时刻刻对我展现出他那充实的生活方式，以启发我在未来的日子里做其所能，乐其所做！

有人问蔡老师："您会用什么样的方式消遣啊？"
他却回答："我所做的一切都在消遣啊。"
创作对他来说就是一种享受，工作室对他来说就是天堂。

的确如此，人生当中最为宝贵的事物即沉思与思辨——而创作就是体现它们的途径。它是最高等、最强大、最宝贵、最具持续性、最智慧、最令人愉悦、最能自我满足的事情，同时它是唯一的智者所追求的活动，而且它还将我们所经历的一切凝结出的灵感包含其中。所以在创作中，人可以获得人生的全部满足，因而人在其中便拥有完善的、完整的幸福。总而言之，幸福与创作同在。越是能够创作的人就越是幸福。创作本身就是荣耀的。一个正在创作的人就是离真理、离智慧最近的人。

每一个伟大的作品都有一系列动机作为其推动力：就像诗人在创作每一首诗时都不只有一个动机，人的大脑里也不只有一种冲动一样。

借此，我们认为："漫画诸子百家"系列、《天才与巨匠》《生命的微笑》等，这些与蔡老师心境的联系是一种必然——它们是创作者对于过去的经历，以及自身处境思考的结果。创作的波涛，来自蔡老师本不同于其他人的天命，这项天命是他四岁时就已经找到并践行的。他找到了一种心理上的平衡，将其作为内驱力，充分发挥自己的想象，来抒发自己内心对于先贤们的感慨。提笔绘画，正是表达并实现自己强烈的对于内心思考的呼唤和吁求。

## 明确你的目标

成功不只是登上巅峰，巅峰只是最高的一个点，马上又要下山了。成功是在高原上维持多长时间，能走多远。每当蔡老师走在创作高原上时，他总是沉醉于制心于一处境界中，不肯下来。

蔡老师习惯于每年的除夕夜开始工作，一年工作365天，每天工作十六个小时以上。天天都处于最佳工作状态，整整一年都处在最高效率的高原上。是什么力量让他持续不停地画下去？

很小的时候，他便发现支撑他长期画画的力量，来自自己完成事物的成就感。

每当一项工作被他完成20%时，他便无法歇手，如同一大块巨石由山顶滚下来，重力加速度越滚越快无法停止，连他自己都挡不住。

如果我们在黑暗中永无止境地爬阶梯，看不到终点，也回顾不了自己到底爬了多远，那么任谁都会爬得很累，而不再继续往上爬。

如果我们能看得到终点，抵达终点是支撑我们继续往上爬的动力。

或是我们看不到终点，但能回顾自己已经爬过的数千个阶梯，回顾自己已经完成的成就就是支撑我们继续往前的力量。

画画的过程中，他很喜欢数一数自己到底完成了多少幅画，回顾自己完成了多少工作，而这也是支撑他两个星期画836幅画的动力。

我们无法长久做一件事，是因为看不到前景，有既定的目标，便有无穷的力量，能让我们勇往直前直到终点。目标像远方天边的北极星，明确地指着正确的人生方向，让我们奔向梦想。

人生有既定方向，全力以赴地贯彻目标，便能完成梦想。我们不要畏惧路途遥远，而是要慎防迷失方向，不能找到通往山顶的正确道路。

但最怕的是没有找到目标，整天茫茫然不知道该做什么，白白浪费了光阴。对于没有找到自己此生目标的人，还是要去不断地尝试，来确定自己的真爱。

人生中最重要的两件事情莫过于弄清自己想要成为的人，以及弄清楚自己想要完成的事。这二者往往是密不可分的。而当我们完成这些之后，实质上我们就已经实现了我们自身存在的意义。而最后要做的最简单但也最困难的事就是，用我们的一生，去朝着这个意义不断前进。

所以在你确定的目标上，深入地专研加独立地思考，做你自己的老师。这也许就是蔡志忠的成功之道。

人的梦想是一种"成果"，而不是"行为"。譬如，梦想应该是"创造出令人惊叹的作品"，而不是"创作"。如果把后者定位为自己的人生目标，那么你将永远无法创造出一个完美的作品，你将大概率在完成的过程中放弃它。不应该以目标为导向，而要以结果为导向！

蔡老师就是强调结果的人，他常常说："不要告诉我你每天在做哪些事情，那些没有意义，告诉我你的成果，你到底做出了什么。"

人的梦想还必须处于他所热爱的领域,没有一个实现梦想的人是被父母或他人决定的。

来,再拿出一张 A4 纸,并画一个大十字把它分成四个区域。左上区域写出你最讨厌且最不擅长的事物;左下区域写出你最讨厌但是擅长的;右上区域写出你最喜欢却不擅长的;最后,在右下区域写出你既喜欢又擅长的事物。这下你的梦想便显而易见了吧!

这非常重要,如果我们选错了梦想,不管我们怎样加倍努力,都毫无用处。一条鱼无论多么努力,都不可能学会飞行。一只黑猩猩再怎么认真,都不可能学会微积分。

拿着球棒站在打击区的迈克尔·乔丹只会令人惋惜,站在拳击擂台上的泰格·伍兹肯定处于弱势。人生最重要的事莫过于选对自己的刷子,站在对的位置做对的事;走错路,站错位置的人是不会有多大成就的。

通往成功的道路一点都不拥挤!因为多数人都把自己走丢了。

对大多数人而言,蔡老师的一生是与众不同的,甚至是"异类"的。他十五岁刚上完初中二年级,便只身到中国台北,成为漫画家,因为他在更小时便立志成为职业漫画家,能以自己最拿手、最喜欢的事物为业,是他人生中最大的梦想。出版社愿意以一个月 60 元人民币聘他当漫画家,收到信的第二天早上,他便很高兴地拎着皮箱离乡，到中国台北展开自己的漫画生涯。

从小他便知道：我们来此一生，不是为了考 100 分，不是为了取得小学、中学、大学或研究生文凭。学习是为了掌握将来闯荡江湖的那把刷子，人生的目标不是换取名利，而是完成自己的梦想。

蔡老师反复强调说："一个人找到自己的最爱，就应该朝那个目标发展，不需要等上完各级院校拿到所有的文凭，才放手走自己的路。"

人的想法很矛盾也很奇怪，既想鹤立鸡群、与众不同，又生怕自己跟别人不一样。令我们跟众人一样平庸的，不正是跟别人相同的部分吗？令我们比别人厉害的，不正是跟别人不同的部分吗？

世界上有四种生物身体虽然弱小，但能使强者畏惧：蚊子使狮子畏惧，马蛭使大象畏惧，苍蝇使蝎子畏惧，蝇虎使莺鸟畏惧。不管身体如何大，力气如何强，总是有畏惧的东西。相反地，虽然弱小，只要有某种条件，还是能战胜强者。

全球最厉害的人物大多是很小就有梦想，并从很早便开始朝向自己的单一人生目标前进。

不是没了梦想就不能生活，而是没有目标会活得更累。因为目标是动力，没有动力的人不会轻松。仅仅树立目标是不够的，要树立高尚远大的目标，要在实现目标的过程中汲取人生的营养，因为我们一直都在成长，从未停止过。

人在实现目标时，要调整好自己的心态，不断地鼓励自己，相信自己一定能做好每一件事。你想认真完成的事，只要坚信你就会做好它。相信自己的能力，自己一定是个胜利者。

我们不妨看看历代中国大人物的自我期许，观赏一下他们的"言志"。

首先是孔子："文王既没，文不在兹乎？天之将丧斯文也，后死者不得与于斯文也；天之未丧斯文也，匡人其如予何？"

孟子更是直白："夫天未欲平治天下也；如欲平治天下，当今之世，舍我其谁也！"

陆象山："宇宙内事，乃己分内事；己分内事，乃宇宙内事。"

王阳明："人本与天地一般大，只是自小耳。"

蔡老师说，立志要高，要远，要大！当你把目标定得高远，没达到最终目标也很高大。在某个区域有名，只能在这个区域混饭吃；在全国有名，只能在全国混饭吃；在亚洲有名，只能在亚洲混饭吃。在全球有名，才能在世界混饭吃。这是一个赢家通吃的时代，不做第二，第二名是头号输家。

当你痴迷于自己的所爱，专注于某一焦点一段时间后，你会发现纵然世间有70亿人，像你一样专注于这焦点的人竟然没有。当我们专注于某一焦点时，至少要达到亚洲第一。虽然有些领域自身条件不足以成为第一，但目标不妨定得大一点。

## 自信的秘密

价值不因为别人的毁誉而改变。

哈佛大学教授在课堂上拿出一张20元美金，然后问学生们："有谁要这张20元美金？"
学生们都兴奋地高喊："我要！我要！"
教授将这张20元美金丢到地上用脚踩了好几下，然后拿起来再问："现在有谁要这张20元美金？"
学生们还是高喊："我要！我要！"
教授说："价值在于自己本身，无论别人如何践踏，都不会改变。"
一切成就，来自永不自我怀疑的自信！

无论别人如何赞扬或批评，都不会改变事实，最关键的是我们自己是什么？
宝石落入尘土中仍旧贵重，尘土飞上天堂还是尘土。

只要你足够自信，谁都伤害不了你。

每个人都知道自己银行卡里有多少钱，人家说你很穷或很有钱，银行存折里的钱不会增减分毫。

能力也一样，自己的能力自己最清楚，人家说你很有能力或没有能力，我们的能力也不会增减分毫。

除非我们不知道自己银行存折里有多少钱，自己的能力到底好不好。如果你够自信、够了解自己，谁都伤害不了你。

自信是看得起自己。

自信就是信得过自己，自己看得起自己。别人看得起自己，不如自己看得起自己。

学生问智者："有两个人外出旅行，走进了荒无人烟的大沙漠。此时，两个人中只有一个人有一点水。这点水，如果两个人喝，则两个人都终将渴死在沙漠里；如果一个人喝，则此人就可以活着走出沙漠。在这种情况下，应该怎么办？"

智者说:"拥有水的人,应该自己喝以活命。"

人不应视自己的生命价值高于他人。

蔡志忠说,他曾经画过一幅漫画,叫《独坐大雄峰》。有位和尚问百丈禅师:"世上最奇妙的事是什么?"
百丈禅师说:"独坐大雄峰。"

网子的大小决定鱼的数量,气度的大小决定成就的高低。
一个人的心有多大,他的舞台就有多大。
器小容不了大物,志小走得不长远。

厉害角色永远在该厉害时完全展现出来,只要给他一丝机会,便能令你刮目相看!那是因为他的内心——自信十足!
保有自我,肯定自己,而不是去讨好别人。自己的能力自己知道,何必在意别人的观点。走自己的路,不在意别人怎么说。

蔡志忠说,他很喜欢看网球决赛,从两位选手的心态就可以知道谁会获得最后的胜利。
天生输家从来不相信自己真的会赢,天生赢家从不怀疑自己会取得胜利。输赢最关键的是自信!
自信者的能力总是在关键时刻发挥出来。智慧也是如此,总在关键时刻表现得淋漓尽致。

什么是失败？

失败只是朝向较高位置的第一级台阶。

一个消息，你认为是坏消息，便会得到坏结果；你认为是好消息，便会得到好结果。

蔡志忠说："从小我便充满自信，确信任何消息必是个好消息，即使是被老板开除我也会当它是个好消息，因为能借由这个契机一飞冲天展现自己，让原老板震惊。"

美国作家爱默生说："自信是成功的第一秘诀，自信是英雄主义的本质。"

自信是人生重要的法宝，面对失败也是如此。

我们只有一辈子。一个人有多自信,他的成就就有多大;人的成就,决不会超出他自信所达到的高度。无论做什么事,坚定不移的自信力,都是成功所必需的和最重要的因素。

天生的输家从来不相信自己真的会赢,天生的赢家从不怀疑自己会取得胜利。
自信是成功的基石,输赢的关键是自信!

自信者的能力总是可以在关键时发挥出来。
智慧也是如此,天生的赢家总在关键时刻表现得淋漓尽致。

## 随时反思

确认自己是否走在既定的路径上。

蔡志忠三十岁时,在经营远东卡通公司。生意很好,大量的业务压得他喘不过气来,长期精神紧绷状态下,压力大到几乎要疯掉,甚至想结束生命。

有一天晚上,他放下手头所有的工作,对着天空思考:"我这么忙,到底为的是什么?到底要赚多少钱才算有钱?"

当时，他想通了财富和欲望的关系：财富多寡，要视欲望而定。如果欲望无穷，钱再多也不够用，死拼一辈子，也不能算是有钱人！只要口袋里的钱足以购买欲望，就是有钱！于是他豁然开朗，身心获得了安宁，公司蒸蒸日上。

三十六岁时，他悟透了时间和金钱的关系。他说："我过去花了十年赚得一千万元，我常想还给上苍这一千万，换回我的十年青春，当然我办不到！但从此我一定办到，不再以任何十年或一年或一天去换取一千万。"

用时间换钱，到头来一定是个亏本生意。

于是，蔡志忠立下人生大愿："此生不再切割任何生命去换钱，除非我真的需要那笔钱！"

观念与别人不同之时，别怀疑自己。

当想法跟别人一样时，要立刻反省。

人生不是走斜坡，只要持之以恒便能走到巅峰。人生像走阶梯，每阶有每阶的难点，不能克服难点，再怎么努力也只是在原地跳跃而已，没有任何进展。

## 自我蜕变：为自己更新软件

别小看自己。

毛毛虫的目标不是使体积变大100倍，而是蜕变成能翱翔天地的美丽蝴蝶。

小毛毛虫问蝴蝶妈妈："妈妈你那么美丽，为何我长得这么丑？"

蝴蝶妈妈说："你必须蜕变七次，才能变成飞翔于天际的蝴蝶。"

每只小毛毛虫都具有变成蝴蝶的潜质。

每个小孩都可能成为世界顶尖的人物。

从只能在二维的树叶平面爬行，跃升为能于三维立体空间飞行。

但在这之前，毛毛虫的父母得先经历几次正确的蜕变，然后带着对生命规律的"相信"，相信自己的小孩也会蜕变成一只美丽的蝴蝶。

不会蜕变的毛毛虫只有死亡。

在二十一世纪的今天,世界经济已经连为一体,任何地方发生变动都会造成全球连锁反应,时局又变化得太快了!反应能力稍差的人就有可能被时代淘汰。

从前,我们只要按部就班念到大学,或有一技之长,便可以养家糊口,安稳地过一辈子。而今的计算机数位文化创意时代,如果我们不能与时俱进,谁也不能保证我们能一生过得平顺。在世局高速变化,新旧产业快速更替的环境压力之下,一个人应如何改变自己才能保证安稳平顺地过一生?

蔡志忠说:"改变一个人,得先改变他的思想、观念!我们要改变自己,得先改变我们从前的老旧观念!从前的观念只适应从前,适应未来要先扫除过去的'观念'。"

每个人都有能力改变自己,每个人都能打造出一个完全不同的"我"来适应未来!我们要达到悟者们的境界:永远存在于此时、此地、当下、瞬间,也永远以当下的情境反应现在,而没有过去的那个"我"存在。

每个人都是天才,只是自己不相信!

无论我们现在如何,只要我们心存改变,每一个人都有能力重新打造自己,使自己厉害几十倍!你的孩子更是可以厉害100倍!

## 保持浪漫与纯真的心态

拥有婴儿般的纯洁思想。

有一位哲学家来到一个建筑工地,问三位正在工作的工人:"你们在干什么?"

第一位工人说:"我在赚钱养家。"

第二位工人说:"我在砌墙。"

第三位工人说:"我在建百年神殿。"

三个人分别为不同的理由工作:第一个为了谋生;第二个工作尽责;第三个则为理想而工作。

成功者的不二法门是:保持浪漫与纯真的心态,对自己所做的事痴迷,完成事情是人生最大的享受,没有所谓的努力、毅力、辛苦工作等词。

# 第三章
# 最重要的人生大问

## 最重要的人生大问!

光凭勇气与毅力是不够的,行动需要内在和外在条件具足,才能抵达目标。

学习也是如此,努力和毅力之外,还要有自己的秘诀。

如果我们只用一招半式闯江湖,只能混饭吃,没有自己的绝招很难出类拔萃、扬名立万,闯出自己的一片天下。

蔡老师说:"我出生于中国台湾中部的山脚下,乡下农村小孩从小早已笃定将来要做的行业,拉牛车的小孩将来拉牛车,农夫的小孩当农夫,铁匠的小孩当铁匠,只有我不知道。三岁半时,我想知道自己将来可以做什么,会什么,能成为什么。便开始思考我是谁,我从哪里来,我要去哪里。躲在父亲的大桌子底下思考,藏在九重葛绿篱笆里面思考,埋在棉被窝里思考,白天思考,晚上思考。四岁半时,父亲为了教我写字,送我一张小黑板,通过这张小黑板,我终于找到了自己的人生之路。我发现自己有画画的天赋,我很会画,很爱画,也画得很好!"

**于是他便立下志向:只要不饿死,就一生一世画下去,一直画到老、画到死。**

每个人都要问自己这一人生大问:这一生究竟要做些什么?

有时候，人多么希望能有一双睿智的眼睛能够看穿，能够明白了解一切，包括所有的斑斓和荒芜。那双眼眸能够穿透最为本质的灵魂，直抵心灵深处那个真实的自己。智慧的话语能解决所有的迷惑，或是对其所作所为能有一针见血的评价。

人的一生是万里河山，来往无数过客。有人给山河添色，有人使日月无光，江河回望。人活在这世上，如果能够幸运地遇见恩师，如果能做一位立言、立行、立德的智者，想必这样的一生就是成功的。

一个生命要追求美，追求智慧，追求真理。一个生命要热爱这世间一切美好的事物，要爱花草树木、飞鸟游鱼，爱山间明月、清风徐来，爱黑白，也爱色彩缤纷。生活可爱，万物明朗，活在这珍贵的人间，太阳强烈，水波温柔。人要珍惜这一切，孜孜不倦地追求美好，并从中得到快乐。

但是，这些相对于宇宙以及整个实体而言，都不过是沧海之一粟，而对于悠远、古老的时间而言，它们只不过是拧转螺丝刀的一瞬而已。埃及统治者为了转世修建金字塔；秦始皇对方士们长生不老的说法深信不疑；明朝嘉靖帝沉迷于炼丹和仙术，等等。既然人生时间有限，那么在这样短暂的时光里，应该怎样对待人生呢？

这些人生大问，是值得我们花费时间去思索的。

## 生命是用来完成梦想的

无论我们在世时地位有多高,赚得多少财富,都比不上依个人所爱走自己的路,活出自己。

亚里士多德说:"每个人都追求一个目标,成功者达到目标的不二法门是事先做好充分准备:要有实际又明确的目标;要具备达到终点的方法、智慧、金钱;要把所有的方法都对准那个终点。"

在这个世界上,很大一部分人都拥有自己的梦想,但是为什么只有少之又少的人完成了自己想要做的事情呢?答案就是很多人对梦想的热情与兴趣不够强烈、不够坚定,导致了他们对梦想持有三分钟热度的心态。

梦想——一件我们做梦都想要完成的事情。

这个梦想必须是明确清晰的,要先在大脑中建构具体的动态图形,然后逐步将图形变成事实。

"人如果没有梦想,跟咸鱼有什么区别!"

古往今来,多少名垂千古的大人物都是依靠十年磨一剑的坚持,最终获得了一览众山小的能力。而让他们坚持下去的信念,则是他们心中那不变的梦想。莱特兄弟一直拥有飞翔之梦;贝多芬双耳失聪并未怨天尤人,仍执着于音乐梦想;李白拥有铁杵磨成针的毅力,最终成了"诗仙"。

梦想漂浮在想象和期待之上,是人们心中孜孜不倦的追求。梦想越清晰,就越容易实现。梦想就是我们行动的指南,没有梦想,我们只会虚度光阴。没有梦想的人不能说是一事无成,但是绝对不是坐享其成。

真正的梦想未必会拿出来跟别人去说,但是却在心里最深的那个地方埋藏着,是能够让自己细细品味、精心雕琢的。

蔡老师九岁时,中国台湾流行起一股漫画风潮,他对漫画非常着迷。于是便立志要成为"漫画家"!

他常常被别人问到,"聪明""天才""智商高"这些因素是由哪里来?

而他回答道:"四十多年来,在我读了很多有关大脑、智商、天才的书本,以及看了Discovery频道关于天才内容的节目后,才猛然发现,人人都可以成为天才,只是被埋没了!只是自己不相信自己!没有明确的目标而已。"

蔡老师语重心长地说:"我的一生是四岁半之前自我规划的,也确实如当初所发的誓言一样,只做自己最喜欢、最拿手的事,无论结果如何我都会欢喜作、甘愿受。因为，人不会抱怨自己所选择的路！每个人都能像我一样做自己、走自己的路。每个人也都能主宰自己的命运，因为，命运不写在脸上，命运不写在掌上，命运不写在星相上，命运写在每个人的心上！每个人掌握自己的命运，每个人走出自己的人生之道。"

## 及早找到自己人生的那把刷子

生命其实很简单：每个人都有自己的天堂，每个人的天堂都不一样。天空是鸟的天堂，深渊是鱼的乐园。找寻生命中的天堂，然后把自己摆在对的位置上。但在这之前你得先有想象，想象自己是什么，想象长大之后要成为什么。

中国传统的智者都成就于中老年，如：伊尹、姜尚、老子、庄子、孔子、孙子……而在今天的十倍速时代，我们何不少年就行动，何必非要等到老年？

五岁的莫扎特是杰出的演奏者，后来自己也创作出很多知名的交响乐。

九岁的高斯写出数学的连续和公式。

牛顿二十三岁时发现了万有引力和发明了微积分。

爱因斯坦二十六岁时发表了惊动物理界的相对论。

纪伯伦十五岁时，便用阿拉伯语写下了《先知》初稿，十七岁时，创办了文学哲学刊物《真理》。

今天，我们也看到比尔·盖茨、史匹伯、辛吉斯、桑普拉斯、迈克尔·乔丹、泰格·伍兹等人早在二十岁左右就成为该领域的世界顶尖人物。

印度《吠陀经》中说："如果一个人四十岁时还没有觉悟，便如同死亡。"

我们要尽可能早地找到自己前进的方向。

我们打开门走出去，是因为知道要去哪里。我们开车上高速公路，知道目的地。然而，人生这么长的旅程，大多数人竟然走了大半辈子，还不知道自己的目的地，岂不是很荒谬。

如果一个人随波逐流，没有目标，就会像一艘没有罗盘和航海图，漂流于汪洋中无法靠岸的孤船。大多数人不了解生命的意义，乃至花一辈子追求死后带不走的东西。如果上天把人的一生浓缩为到巴黎度假一星期，那么每个人都会正确使用这七天。

逆水行舟，不进则退。既然我们并不甘愿平庸，既然我们要发愤创造历史，我们就必须付出比别人更多的努力。既然我们选择了这条路，我们就要打起十二分的精神，一步步地向着梦想挺进。根据"红皇后"假说，如果我们不去努力，放任平庸，我们不仅不会成大事，反而会一步步地退回起点。这个世界就是这么残酷，我们都要面对一个共同的事实——逆水行舟，不进则退。

生命的目的不是死亡，而是活着时的每一天。我们做一件事也是如此，学不会的人是想结果，成功者只想过程，把事情做好，自然就会有好结果。我们有幸来此一辈子，要先想清楚这一生应该怎么过，这辈子应该怎么走。人来到这世间不是为了换取带不走的名利，而是为了发挥自己的价值。既然我们只能在世间活一次，何不好好享受它？

为什么要已经走完了大半才开始确定方向？为什么不趁年少找到自己的那把刷子？

每个人出国度假旅游总会先预定好目的地与行程，人生的行程只有一趟，何不在出发之前预定好一生的行程？从前还没有直航的时代，蔡老师在香港机场转机回中国台北超过五十次，归心似箭的他一心想回台北，才懒得理别人要去纽约、伦敦，还是巴黎。

由于我们没有自己的目标，才会羡慕别人要去夏威夷或是大溪地。如果我们清楚地知道自己人生的目的地，才懒得管谁高升当了总裁，或谁今年赚了多少亿人民币。

**一个人来到这世上，应该先做人生的行程规划——及早想清楚自己要如何过一生！**

蔡老师就是这项理论的最好践行者！他少年时代就找到了他的那把刷子，并以此为生。

他三岁半时决定画画一辈子，除了已经画完的"漫画诸子百家"系列外，他还计划画完犹太法典《塔木德》、中东的《苏菲之路》、纪伯伦的《先知》、印度的《吠陀经》《奥义书》，泰戈尔的《飞鸟集》，以及日本等东方各国的智慧经典，出版一套100本的"漫画东方智慧"。

庄子说，生有涯，而学问无涯。然而生命短暂，而知识无穷，我们不能以有限的生命去学无限的知识。如果我们的一生只需要使出一把最棒的刷子，为何要同时拥有无限多把？什么是人生中的那把刷子？及早找到真实的自己，才能精确选定人生的目标，这时就会清楚明白自己要学习的是哪一把刷子。

# 第四章 学习之道

## 天才总是起步很早

很多世界精英从两三岁开始,便接受早期教育,他们很小便找到了自己的人生焦点,因而出类拔萃。

天才并不是上帝心情愉快时偶然创造出来的,而是后天环境和正确教育下的必然产物。1914年,是美国哈佛大学的丰收年。这一年,哈佛大学招收了好几个天才少年。其中一个美国神童威廉·詹姆斯·席德斯,年仅十五岁,他的经历说来令人惊奇。出生刚满八个月,就能指着月亮说:"月亮,月亮。"一岁半能阅读《纽约时报》。两岁自学拉丁文,三岁自学中文,四岁时精通法文。六岁那年春天,他和其他孩子一样进入小学。第一天早上9点,他还是一年级的学生,中午他已被编入三年级。当年就小学毕业了。七岁时想上中学,学校不愿意接收年龄太小的学生,只好在家自学高等数学。八岁那年上中学,九岁、十岁这两年在家自学,十一岁进入哈佛大学,十六岁时,以优异的成绩从哈佛大学毕业。十七至二十一岁时,在哈佛大学教书并继续学习。他曾被人称为"有史以来最聪明的人"。

他的父亲鲍里斯·席德斯是哈佛大学心理学教授,出生于乌克兰的犹太人家庭,为逃避沙皇俄国《五月法案》对犹太人的迫害,1887年移民美国。席德斯是父亲有计划培养出来的幼教天才。鲍里斯·席德斯把他的儿子作为实验对象,以验证他的幼教理论。

他说:"席德斯在出生时,只能算一般聪明,经过我的实验后,他逐渐能够自我学习,并对各类知识产生浓厚兴趣。"

婴儿是一块白板。人生下来是不带有任何记忆和思想的,人的经历和经验才是形塑思想的主要来源。心灵在开始时是一个空橱柜,一个人的好坏、能力高低,都取决于他们所受的教育。

的确,父母生下我们的"硬件",心智"软件"则要在出生后安装进去。天才不在基因里,而是来自从小接受外来的长期刺激!越早启发刺激,就越有成效!

**天才是从小培养出来的,而不是与生俱来的。顾名思义,天才总是起步很早!**

在孩子出生之前就展开他的天才之旅。每个小孩都具备成为天才的条件,只是要及早将他的才华开发出来。

今天,科学家证实,成就与选择目标的年龄成反比!越早选择人生目标,成就便越高。不要输在起跑线,不是越级提早上各种才艺班,而是及早选择人生的那把刷子!无论我们学习多少科目,最后也只是拿一把刷子混饭吃。越早找到自己人生的那把刷子,成就便越高。

犹太人堪称当今世上最聪明的民族之一。犹太人非常重视教育，当孩子满三岁时便开始研读英文和希伯来文版的《圣经》和《塔木德》两部经典。男孩子十三岁时必须上台演说对《塔木德》的个人见解才算完成成人礼。长大之后，他们已经掌握了做人做事的法则和赚钱谋生的技能。

伦敦大学伯克贝克学院的教授莱斯利·塔克说："在生命的头两年，脑细胞以令人难以置信的速度生长和发挥影响力，一两岁大的小孩的脑神经细胞之间的联系，比成年人高出150%。"

孩童出生一年内，是神经联结发展最快的时期，脑重迅速增加到900克。三岁时增到1000克，七岁时为1280克，已接近成人的水平，七岁以后大脑的发展便非常缓慢了。

婴儿随着大脑高速发展，智力也高速发展。从婴儿阶段开始，如果环境丰富和教育训练适当，将会获得意想不到的效果。

看来"三岁看大，七岁看老"这句千年古训，描述得可真是正确无比。

早期教养影响一生，一个小孩在铭刻期被影响，就很难再改回去了。历史上很多成功者敢于违抗父命，坚持走自己的路，他们内心那股强烈的渴望，很可能来自铭刻期所留下来的印记。

人是一种生物，人的感受很大程度上是外界的因素，而不是纯粹理性的结果。教育最终都只是一种投资，而不是一种目的，它是一种超脱的、神圣的、凌驾于其他一切之上的纯粹精神实体，是我们人类生活的重要部分，正是这样才使我们有时对它感到过度焦虑。教育是一种途径，让我们更加饶有兴味地观察这个世界，并积极地投身其中。

### 三岁看大，七岁看老。小孩最擅于模仿。

李斯特的父亲是业余音乐家，李斯特五岁时父亲教他弹钢琴，八岁时开始作曲，九岁时登台表演。李斯特是浪漫主义音乐的主要代表人物，是匈牙利最有名的音乐家。

莫扎特出生于音乐世家，祖父和父亲都是宫廷乐师。莫扎特还不会走路时，便会爬上钢琴弹奏和弦。有一次，父亲与朋友回到家中，看到四岁的莫扎特正聚精会神地趴在五线谱纸上写东西。

父亲问他："你在干什么？"
莫扎特说："我正在作曲。"

两位大人哈哈大笑，以为这是四岁小孩的涂鸦。在父亲仔细看了莫扎特写的乐谱之后，不得了！他相信儿子将来一定能成为出类拔萃的作曲家，于是便开始指导莫扎特作曲。

圣桑堪称空前绝后的音乐神童，他两岁时开始学习钢琴，刚过三岁生日就写出了第一首钢琴小品，七岁时，他已正式从师学习作曲了。十岁的圣桑，第一次公开演奏，这时的他竟然能够不看乐谱就演奏出贝多芬的三十二首钢琴奏鸣曲中的任意一首。

每位父母都希望自己的小孩是天才，望子成龙，望女成凤，举世皆然，然而你可曾仔细聆听过孩子内心的声音？你真希望孩子不能活在自己的天堂？培养你的孩子，让他走一条适合自己的路，这样他才会终生无悔。

能力并非天生的，天才并非得自遗传，早期教育能使孩子产生超常的能力。

蔡志忠以自家兄弟姐妹的成长经历为例子，讲述早教的重要性，证明智商跟父母的基因无关：

"我们家有三个兄弟，虽然都生自相同的父母，但三个人有三个样。

"我大哥从小是个听话又认真念书的乖宝宝，高中毕业后一直都在高雄电信局上班；二哥从小爱玩，长大后在斗南菜市场卖鸭肉；大姐十八岁时便嫁作商人妇；妹妹是普通的家庭妇女。

"而我的智商是184.8，现在应该超过200了，是全家最聪明的小孩。"

"五个兄弟姐妹每个人智商都不一样，为何相同父母所生的小孩，智商会相差这么大？我常常思考这个问题，细想我的一生或许能明白其中关键。直到前些年，我开始回想儿时的各种际遇，在务农的乡下，没有画画这个行业的当时，为何我会选择以画画作为终生志业？这时才猛然发现，原来我是受早期教育的影响才与众不同。"

智商不是天生的，智商是生下来以后再灌进大脑的！而负责为子女重新安装"软件"的最关键的人物是父母！

正如德国的卡尔·威特所说："让孩子听故事可以锻炼小孩的记忆力、启发想象、扩展知识。传授知识，用讲故事的形式容易记住。教育孩子运用讲故事的方法是最有效的。"

蔡志忠给我讲起了自己的经历：
对蔡志忠而言，一所乡间的小教堂是改变命运的源起。

十七世纪初叶，西班牙和葡萄牙船队经过中国台湾海峡时，发现了这座美丽的小岛。

当时便有西班牙神父前来传教，但由于当地民众崇拜民间信仰，人人都信仰妈祖、土地公、城隍爷、三太子，因此神父们传教并不顺利。

第二次世界大战结束后，美国神父带来了大量物资，教堂每个月发放牛油、奶粉、玉米粉等物资，他们传教获得了很大的进展。

那时候，彰化市都还没有教堂，蔡志忠家旁边有一座新盖的小教堂，突兀地矗立于纯朴的乡下，被当成是一件很怪的事。

故事起源于一位一心想改行当天主教传教士的老裁缝师，他的名字叫叶举。家住田中的叶举是天主教老教友，他想改行当传教士。员林教堂柯神父允诺他，如果他能招募十户人家改信天主教就可以。

叶举脸皮薄，不好意思在家乡传教，蔡志忠的父亲是花坛乡民代表会秘书，跟叶举是好朋友，因此他选择到三家春传教。

叶举好不容易说动九户人家改信天主教，蔡爸爸为了帮助朋友，义气相挺，决定成为第十户。就这样，蔡志忠出生那年，一栋种满仙丹花、铁树、圣诞红和各种奇花异卉的外国庭院式的小教堂，就在村子彰化客运车站前盖好了，叶举成为小教堂的传教士。

蔡爸爸是个无神论者，不信鬼神，他从不念《圣经》，不进教堂，答应信教只是义气相助。

蔡妈妈则是把天主当成妈祖神祇崇拜，她认为信什么都一样，念经越多，祈祷越久，天主的保佑就越多。

蔡家信仰天主教，获益最大的人就是蔡志忠。

他一出生就受洗，那时六岁的二哥每天早上抱着只有一岁的他到道理厅和二十多个教友小孩一起上课，从每天早上9点上到中午12点，从不间断。一岁的小孩虽然还不会说话，但天天听，听久了还是能慢慢明白。

三岁半时，蔡志忠已经会背诵多首经文，脑袋里装满了100至1000个《圣经》里的故事，也熟知《圣经》里面的100个厉害人物。

蔡志忠说："《圣经》中的历史、神话就是我的早教启蒙，这对我的一生非常重要。"

也正是在这所小小的教堂的阅览室里，蔡志忠很小便接触到了米老鼠、大力水手等美国漫画。他说："我身上流的是东方血液，教堂是我了解西方文化的视窗。启蒙得很早，才使得我有别于其他兄弟姐妹。"

所以，父母要及早为子女重新灌输软知识，启发自己的子女，让他们的心充满想象力。鼓励他们努力做自己，帮助他们完成心中的梦想。

人的成长期间，每个时期都各有作用。学习外语也是如此，最佳的学习时间是在孩子十岁以前，钢琴应该从五岁开始学，小提琴从三岁开始学最好，否则，就不容易学有所成。

## 知道不知道才是真知

有这样一则故事：

学生问拉比："什么是世界上最小的物质？"
拉比说："抱歉，我不知道。"
学生问："世界上什么东西最长？"
拉比说："抱歉，这我也不知道。"
学生问："世界是由什么所构成的？"
拉比说："抱歉，这我实在不知道。"
学生失望地说："唉！今天什么都没学到。"
拉比说："不不不！你今天学到非常重要的一课。"
学生问："我学到了什么？"
拉比说："你学到不知道时，要说不知道！"

两千多年前，孔子对子路说："子路呀！我教你的你都知道了吗？知道就说知道，不知道就说不知道，这才是真知啊！"

> 了解自己,是人生第一智慧。
> 知道自己不知道,是人生第二智慧。

隔行如隔山,失败大多来自跨行涉足误以为自己很懂的行业!

知道自己的无知,知道学海无涯的用意并非是让我们即刻起开始躺平,而是在某种意义上让我们产生求知的欲望。一次,蔡老师提出想让我给他倒一杯咖啡。我自信地走进厨房,但却苦于不会用他的咖啡机,研究了半天也未能找到门道,遂喊他来帮我。只见他熟练地放置咖啡豆、凉水和奶精,操作完之后回头跟我感叹道:"你要学的东西还有很多啊!"

我陷入了沉思……

## 学习好的奥秘

请问教育是什么?在学校所学得的一切,经历过遗忘之后,还剩下来的才是教育。

教育最重要的是什么?最重要的是教育方法,总是鼓励学生去实践。进入校园的儿童第一次学写字是如此,大学生写博士学位论文也是如此。

每个小孩都非常喜欢新鲜事物，而学习正像打开一道未知的神秘之门……任何人使学习变得无趣，都是对学习的错误认知。

永远不要把学习当作任务，而要当作是一个难得的机会。读书当然是为了学习知识和找到自己的天赋。

为学习而学习者，比不上为喜欢而学习的，因喜欢而学习的，比不上因为着迷而学习的。

如同学生自己架设网站，上网聊天，这难道简单？关键是因为着迷疯狂，于是便主动学会计算机！

着迷，便学得乐此不疲。寓教于乐是用好玩的方法，达成学习的目的。课程内容要能令学生着迷。

爱因斯坦说："学习时间是常数，学习效率是变量，只追求学习时间的长度是不明智的，最重要的是提高学习效率。"

## 学习不是为了文凭

蔡老师上初二时，他的老师黄界原说："读书并不是人生唯一的道路，也不是每个人都能从读书中获得好处。每个人现在就要思考将来要干什么。当你已经决定了自己的人生之路，现在就可以开始做了，千万别等到念完所有的书，大学毕业后才去做！"

当你发现自己站在大多数人那边时，就该想想自己是不是错了。当每个人都以高考考上名校为目标时，就应该先停下来想一想自己是否真的有必要。一个人成功与否，关键在于个人的专业能力，跟文凭学历没有多大关系。

蔡老师不反对读书，但为考100分而去学校上课，那是为了文凭努力，不叫作读书。学习是为了获得才能，而不是考100分，没有实力支撑的文凭只是一张废纸。

比尔·盖茨是在哈佛大学读大一时退学创业的，因为比尔·盖茨知道，及早创办微软公司比哈佛大学毕业证书重要。乔布斯是通过了高考，但没到大学注册的学生，因为乔布斯知道，及早创办苹果公司比大学文凭更重要。

蔡老师反倒认为读书是回报率最高的投资。例如，5007个字的《道德经》，我们只要花二十几元和一个钟头的时间，便能获得老子他老人家花一辈子体会出来的智慧。还有什么买卖比阅读更值得投资？

读书是回报率最高的投资，书本是我们最好的老师，书房是我们最好的教室。读书不只是为了到学校拿文凭，更是为了通过阅读灵活运用书中的智慧。

虽然蔡老师在学校只上到初中二年级，但他一共看过几万本书。他认为人必须终身学习、终身阅读，书随时随处都能读，不一定要在学校课堂里。

美国诗人惠特曼只受过五年初级教育，做过排字工人，学习过印刷术，编过报纸，当过教师，办过印刷营业所、文具店，经营过房地产。经历过一长串不同的人生阅历后，写出了世界名著《草叶集》，他靠的是终身学习和博览群书。

学历与成就不成正比，学历高可能有成就；成就高不一定要有高学历。

运动选手玛蒂娜·辛吉斯、阿加西、皮特·桑普拉斯、张德培、迈克尔·乔丹、欧尼尔、詹姆斯、泰格·伍兹、丁俊晖与音乐家郎朗等厉害的世界高手，他们从很小便走在自己的人生之道上了，虽然他们也拥有大学文凭，但大多是学校付给他们奖学金，借用他们的名气为学校沾光。

一个人只要以自己的一技之长登上世界顶峰，其他相关的文化水平自然也会水到渠成。就如同科比，他在篮球领域爬到了世界顶峰。他退役后自然可以轻松转行做导演，他导演的《亲爱的篮球》很轻松地获得了奥斯卡提名。

## 学习不能只靠老师

蔡老师六岁就上小学,上课的第一天拿到新课本,他深深地闻着新书的油墨味,心想:"哇!这就是智慧的味道。"

由于他还没上学就认识字,放学后就把两三本课本全看完了。因此,第二天上课时他便领先其他同学,课堂上听老师讲课便非常轻松。

上小学三年级时,他便想通一个事实:

上课要轻松自在,第一时间要让老师知道你很厉害;第二时间让老师知道你比他还厉害。

如果能办到这两点,上课时老师便不会找你麻烦,上课便能轻松自在。

学习不能只靠老师,要依靠自己的智慧来自我发现!

1680年,德国天才莱布尼兹,第一次看到耶稣会教士白晋从中国寄给他的一封经由蒙古、俄罗斯再转到德国的信里面所附的邵雍《皇极经世图》的六十四卦符号时,莱布尼兹看出如果《易经》六十四卦中的六爻,把阳爻当成0,阴爻由底下往上算起:

第一个阴爻 = 1

第一个阴爻 = 2

第一个阴爻 = 4

第一个阴爻 = 8

第一个阴爻 = 16

第一个阴爻 = 32

乾卦 = 000000 = 0 + 0 + 0 + 0 + 0 + 0 = 0

坤卦 = 111111 = 1 + 2 + 4 + 8 + 16 + 32 = 63

那么六十四卦不就等于从 0 到 63 的二进制数字学了吗？他惊叹道："哇！中国早在几千年前，就发现了二进制数字学的描述方法。"于是他以二进制数字学法写出 0123456789，德国政府并以此制作成银币。莱布尼兹还研发出了人类史上，第一次能以机器计算描述一切语言文字的原形计算机。仅仅用 0、1 两个符号便能描述数学的 0 到无限之间所有的数，只用这两个符号也可以类比无穷无尽的语言文字，因此也为今天计算机的发明奠定了扎实的基础。

蔡老师表示，由这件事看来，几千年来中国所有学者，光是记住书本内容而不具慧眼，没看出《易经》中的二进制数字学。

这也证明蔡老师常说的："想要出类拔萃，我们只能靠自己，自我学习。"

每个人都应该拥有自我学习的能力以及动力，老师并不可以代替你学，代替你完成梦想。

## 自我教育，自学成才

人生像一块宝石，磨砺的次数越多，磨砺得越精美，价值就越高。

马克思说："任何时候我也不会满足，越是多读书，就越是深刻地感到不满足，越感到自己知识的贫乏。科学是奥妙无穷的……"马克思一生被多国政府驱逐，最后定居英国伦敦，度过了一生中最艰困的十年，经常因为经济问题精神焦虑，他的四个孩子三个死亡。然而，每天大英博物馆一开门，马克思便如饥似渴地在博物馆学习研究，积累渊博知识，直到晚上博物馆闭馆为止。他在这段艰苦时期，写出了一生中最重要的著作——《资本论》（第一卷）。

1999年9月，英国广播公司在全球互联网上公开征询"千年第一思想家"，投票一个月。全球投票结束，马克思位居第一名。2005年7月，英国广播公司调查3万名听众——"谁是古今最伟大的哲学家？"结果是马克思以27.93%的得票率荣登第一。

厉害的人都是自我学习的典范，人与人之间的差距主要在于业余时间，成功者充分利用业余时间，使自己成为某一方面的专家。

找到自己的人生焦点，便知道要阅读什么，并积极地自发性学习。

母亲曾经为了训练孩子们的想象力和用简洁文字表达内心的能力，每天借助音乐让学生们写一首诗。当时有一个女孩，她对诗歌特别感兴趣，于是在学习之余她开始大量地阅读诗歌，后来在十三岁时出版了人生第一本诗歌集。她的诗句天然、干净、简洁，透着少女无限的想象力与活力,记录了她那源自人类最初的清澈与美好、简单与自由,得到了很多诗友的关注和喜欢。

由此可见,每个人都可以成为自己的老师,如果你看的书比你的老师还多,那你知道的东西就比他还多。由此可见,你完全可以通过自己的努力成为你自己的老师。所以在你确定的目标上,深入地专研,独立地思考,做你自己的老师,这也是蔡志忠的成功之道。

# 第五章
# 高效学习方法

## 拥有自己的学习宝典

人各有不同,对于任何学习,各有各的招数,及早找到自己的学习宝典,学习的道路才能变成宽畅的高速大道。

光凭勇气与毅力是不够的,行动需要内在和外在条件都具足,只有这样,才能抵达目标。学习也是如此,努力和毅力之外,还要有自己的学习宝典。

如果我们只用一招半式闯江湖,只能混饭吃,没有自己的绝招很难出类拔萃、扬名立万,闯出自己的一片天下。众人会的要学,众人不会的更要学,拥有与众不同的独家秘方,勤练"独步武林"的"必杀绝技",才能到达巅峰。

课堂上,老师教导蚊子、蜈蚣、蛇、风四位学生。

老师说:"各位同学!由 A 到 B 最短的距离是直线,老师先走一遍给大家看。抬起右脚,跨出去。抬起左脚,跨出去。一、二,一、二,于是便从 A 走到 B 了。"

蚊子说:"我有三对脚,但是由 A 到 B 最好的方式还是用我的翅膀飞过去!"

蜈蚣说:"我有五十对脚,但我无法同时抬起五十只右脚、五十只左脚啊!"

蛇说:"我连脚都没有,如何抬起右脚、左脚?"

风说:"我连形体都没有,哪来的脚?"

我们要知道,老师只是提供老师的方法,每个学生要发现自己的特长,而非模仿老师的方法。用自己的方法达成老师所说的目标,这样才能青出于蓝更胜于蓝。

蔡志忠告诉我们,学习的关键是:

> 及早拥有自我学习的能力,能够青出于蓝而胜于蓝,正是因为学习能力的不同。

但大多数人都深感学习缓慢困难,事实上学习是有诀窍的。数学、英语、日语等不同类型的学习,都有不同的学习诀窍,每个人都应该有自己的独门学习招数。

蔡志忠说他自己身高168厘米,体重60千克,出身乡下,长相平凡,一点也不像厉害高手。

有人问他:"你跟别人有什么不同?"

他回答:"我有三把'宝刀'。"

"哪三把?请亮出来瞧瞧。"

"好的。小心,看刀!"

第一把"宝刀":思考为一切之先。

第二把"宝刀":拥有自己的学习宝典。

第三把"宝刀":及早找到人生的刷子。

蔡志忠根据自己的人生心得,总结出人生三把"宝刀",可以解决以下两个问题:怎样使人的观念改变;如何帮助小孩成为天才。

蔡志忠说,以上三点就是他很小就学会的无往不利的人生三把"宝刀"。

## 学习的诀窍

赫伯特·斯宾塞说:"孩子在快乐的状态下学习最有效。"

孔子说:"学而时习之,不亦说乎?"

孔子说:"知之者不如好之者,好之者不如乐之者。"

为了考100分而读书和喜欢看书分属两个不同领域,跟老师学习和自我学习也是两种完全不同的境界。

蔡志忠住在西溪湿地时,像修行中的禅师一样每天打扫后院湖边露台,他喜欢把每片落叶扫得干干净净。

有一次他边扫边想:"如果是别人要我每天扫后院,又由那个人决定我扫得干净或不干净,是不是还要重扫,那么我一定视扫后院为苦差事。如果是我自己乐意扫,也由我自己决定是不是扫好了,那么我就像现在一样乐在其中。"

再想深一点,如果我们先别人一步展开学习也是如此,自发性学习才可能乐在其中,永不止息。

教育的目的不是考试成绩与文凭,而是激发学生的潜能,及早帮助学生走上正确的人生之道。

**学习的关键是:及早拥有自我学习的能力,然后自发性学习,把学习视为天性,终身学习。**

学习不是为了应付考试,而是为了获得能力!我们能够青出于蓝更胜于蓝,正是因为学习能力与众不同。

## 用以致学

学习是为了用以致学,而非学以致用。

蔡志忠指出,由正在干那行的师傅亲自教导,在用以致学的环境下,每个专业只需要 1200 天便可以学成。无论英语还是数学,只要在对的地方,由对的老师教导,集中"火力"密集学习,只需要四十个月便可以学成。

哪像今天,由没拍过电影的教授教如何拍电影,由不敢跟老外说英语的教授来教英语。

学习的要领是要在正确的环境中,在正确的老师的指导下,用以致学,在大量的使用中学会。无论学做面包、厨师,还是学计算机、数学、英语,都是如此。

学习就是要用,如果不用,学会了也没有用。

无论是学英语、日语、数学还是学桥牌,都是用以致学,而不是学以致用。

没有哪个婴儿学不会母语。

学习的要领是：像婴儿学习语言一样，在学习中大量地使用，在使用中大量地学习。边学边用，边用边学。

把学习当成天性、未知，对于我们便充满诱惑和吸引力。

学习是人生最重要的投资。

学习最方便、最有效的方法是：读书，以前人的经验为师。

## 轻松学习的关键点

蔡志忠分享了他小时候学习的经验，通过他的经验，我们不难发现轻松学习的秘密。

他说他六岁就上小学，上课的第一天拿到新课本，他深深地闻着新书的油墨味，心想："哇！这就是智慧的味道。"由于他还没上学就认识字，放学后就把两三本课本全看完了。因此，第二天上课时他便领先其他同学，课堂听老师讲课便非常轻松。上小学三年级时，他便想通一个事实：

上课要轻松自在，第一时间要让老师知道你很厉害；第二时间要让老师知道你比他还厉害。

如果能办到这两点，上课时老师便不会找你麻烦，上课便能轻松自在。

学习的精义是：及早学会自我学习与自发性学习。

## 有效开发大脑

唐朝的李勃很爱读书，由于读书破万卷，世人称他为"李万卷"。

有一次，他问智常和尚："佛典《维摩经》中写'须弥山没入芥子'，请问这么大的山河如何装入一颗小小的芥子之中？"

智常和尚说:"人称你是'李万卷',请问万卷书如何装入你这小小的脑袋瓜中?"

人的大脑有十兆神经元与神经突触,平常人只使用百分之十,如果我们使用了百分之二十就能成为超级天才!

卢贝松的新片《露西》中描述:一个人的大脑潜能开发超过60%,便有超能力,可以用一致控制一切,为所欲为。潜能开发到达100%,便成为无所不能的上帝。

心理学家指出:"一般人潜能开发大约只有2%至8%,爱因斯坦也只开发了12%。"

我们还有90%的潜能处于沉睡状态。要想出类拔萃、创造奇迹,光努力还不够,必须竭尽全力开发大脑潜能。

一个人如果开发了50%潜能,就可以背诵400本教科书,可以学完十几所大学的课程,还可以掌握二十来种不同国家的语言。

蔡志忠建议:要学会画画,因为会画画,会用画面思考、图像记忆,智商会高50%,效率会高3倍。

开发自己的大脑,打开第三只智慧之眼!
左脑限制了视野,无明来自左脑。

左脑是爱主导，给予太多主观意见，让自己看不清实相。

当我们以画面思考之时，人正处于无我状态，无我便易于看清客观事实！

应无所住而生其心，进入空境状态，以内在的无心之眼观看出真实。

图像思考的关键是：关闭左脑，改以右脑看当前。

图像思考是提升智商的利器。

建立大脑的3D动态视窗，右脑思考是创造力的原乡，是创新的起源！

## 阅读的技巧

六祖惠能自从在黄梅处得法之后，回到韶州曹侯村，无人得知六祖得道。

韶州有位儒生名叫刘志略，对六祖非常尊重。刘志略有位姑姑出家为尼，名叫无尽藏，常常诵《大涅槃经》。

无尽藏比丘尼问六祖惠能："我研读《大涅槃经》多年，仍然有很多地方不理解，请你替我解说。"

六祖惠能说："我不认识字，你把不懂的经文念出来，或许我可以略解其中之意。"

无尽藏说："你连字都不认得，如何能了解其中的真理？"

六祖惠能说："真理与文字无关，真理像天上的明月，而文字却像你我的手指。手指可以指出月亮的所在，但手指并不是月亮。看月亮也不必一定透过手指，不是吗？"

真理并不存在于文字表面。
智慧无关于文字，而在于洞察真理。
经典可以让我们得到知识智慧，但仍然可以拿来当枕头。
经典的神圣在于里面的内容，而不在于它的封面外形。

我们要热爱读书。书本是你的好友，书架是你的庭院，应该为书本的美丽而骄傲！采其果实，摘其花朵。

蔡老师从小便很喜欢看书，会一鼓作气看完100多本某一领域的书，也喜欢将这个领域的知识整理为自己的个人心得。

读书不只是到学校拿文凭，更是通过阅读灵活运用书中的智慧。能灵活运用知识，便能换取财富，这才是活的智慧，而不是背功课、死读书。

跟过去所有的智者学习，学习诸子百家思想与佛学禅宗真谛。
儒家：人与人的和谐。
道家：人与天地的和谐。
禅宗：人与心的和谐。

法家：君臣上下关系与管理法则。
兵家：积极行动、快速达成目标的规律与谋略。

人法地，地法天，天法道，道法自然。
蔡老师说，阅读自然才是最大量的求知。

阅读一片杂草，阅读灌木与乔木，阅读朵朵白云，跟动物、植物学习，跟河水、海洋、气象学习。自然现象与生物能存活几亿年，必有自己的一套自然法则。
阅读丰富了自己的文化知识，提升了自己的气质。

最重要的阅读是阅读自己！为学日益，为道日损。学习是为了减少，将缺点减到最少。

在阅读的过程中，我们还需建立自己的知识体系！

太多的重点，就等于没重点，知识要选择对自己有用的来读。
自主性选择一门自己感兴趣的学问，主动学习。

蔡式阅读建议：
1. 花一大段时间，完全读通一门学问。
2. 阅读时要有自己的想法：随时做笔记，画插画，做结论。
3. 总结自己对该学问的心得，建立自己的语言，不引经据典、搬学问。

4. 得鱼忘筌、得兔忘蹄、得意忘言——不要阅读文字,而是通过阅读了解作者的心意。

5. 读书是回报率最高的投资,投资自己——花时间阅读。读3万到30万本书。

6. 柏拉图说:书像药一样需要医生处方才能吃下肚,不是所有的书都对你有益。

7. 如果你吃不下全部的信息你只会吃坏肚子,唯有经过选择的吃食,才会成为你的智慧。

## 创造自己身后的 1000 个柜子

我们到餐厅点一盘蛋炒饭,厨师只要三分钟便能炒好这道菜,他凭的是早已准备好米饭、蛋、青菜等相关材料。

我们拿着药单到中药房拿药,中药房小伙计也只要三分钟便把六帖药包好,他依靠的是背后橱柜里装着各种药材的 1000 个小抽屉。

蔡老师出版了超过 300 本书,每写一本书只要花五至七天的时间,能这么快速的原因就是跟餐厅厨师和中药店伙计的招数一样——依靠书房里事先写好、画好的各类题材的 2400 本文字、插图漫画资料。

**我们每个人都要创造自己身后的 1000 个柜子。**

## 思考的方法

时间是最公平的,每个人一天都是 24 小时。生命展现于生活的细节中,人一天工作 8 个小时,如能做到白天身心不疲,只需要睡 4 个小时,每天多 4 个小时学习工作,便比别人多了 1/2 的人生。

蔡志忠建议,尽可能早睡,用深夜时间换凌晨时间,清晨时间金不换。凌晨一点开始是思考、写作、读书的黄金时间。熬夜是最烂的时间安排。每天凌晨醒后,不可看手机、看书、说话,而要面对星空思考,思考这一生、最近、今天、现在应该完成什么目标。及早选择人生的那把刷子,精确定下人生的终极目标,便能成就非凡。

蔡志忠每天凌晨1点钟起床，第一件事就是花15分钟，独自面对星空思考，并问自己四个问题：

**1. 我这辈子到这个世界上来到底是为了什么？**
**2. 今年我要完成哪些目标？**
**3. 近段时间主要做什么？**
**4. 今天我要如何安排？**

把问题想清楚之后，立刻将自己的精力全部聚集到手头的工作上，心无旁骛地开始一天的工作。就这样问了自己几十年。越问目标越清晰，越问精力越集中。

智者总像化外之人深居简出，因为孤独是思考的重要条件，环境孤独，大脑也必须孤独，不能有任何杂念。

首先，闭关、禁语。要很长时间不能讲话，不能看跟思考主题不相关的文字，断食，在大脑里架构无限条思维公路和无数个资料仓库。以最大的视野看问题！

思考必须限制于单一的明确目标！不让其他杂念进来，只思考一个主题。思考的秘诀是及早建立自己的各种思考路径。能由一个问题,找出无限多个思路的线头。利用整个大脑,而不是只利用一小部分思考。

同一件事物,可以从不同方面来考虑。由外往里想,由内往外想,由过去往未来想,由单一往全面想。

## 制心于一处

生命的至乐不是享受美食,不是度假旅游,不是奋斗之后的功成名就。而是制心于一处、制身于一境,完成自己的梦想。

专注,成为马太效应的赢家。
虽然天下有万物,只取孤瓢一饮。
完全融入情境,才能达到最高专注。

蔡志忠没有手机,没有手表,每天天黑就睡觉,子夜一点起床,连续工作到下午两点才吃午饭,他四十几年来从不吃早餐,最近几年来每天只吃一顿饭。他曾坐在椅子上一坐就是58个钟头,只为了完成一个动画片头;曾经42天没有打开门,只为了做一件事;只身到日本四年,画"漫画诸子百家"系列和《西游记》《封神榜》《三国志》《水浒传》《太平广记》等四格幽默漫画;闭关十年,只为了研究物理、数学。一双手画一万次,必然拿手。专注做一件事三万个小时，必然会取得成果。

蔡志忠说，如果他有些许成就，那是因为从小便选择做自己最喜欢的事。知道自己喜欢什么，做自己喜欢的事，便会全力以赴，疯狂投入到不由自主、废寝忘食。

五祖弘忍说："制心于一处，无事不办。"

心是个很奇妙的器官，我们的心对准了什么，焦点就无限扩大占领整个心。

人应该无我地融于此时、此地、此刻。人的心境更像流水一样，无间无断，如果见泡起念，那只是妄想。专心不二地活在当下，无论我们正在做什么，心专注于眼前的焦点上。

如果效率比想象的还要快，你就会更快。
如果效果比预期的还要好，你就会更好。
反之亦然：
如果效率比想象的还要慢，你就会更慢。
如果效果比预期的还要差，你就会更差。
乃至最后无法完成！所以有很多一心想成为专业艺术家的人，由于自视太高，画出来的作品不如自己所预期的，越画越慢，最后艺术这条路终于走不下去了。

另外,有很多成功的画家进步神速,他一生所画的作品也很多。因为在画画的过程中,他觉得画得比自己想象的快,比想象的效果好,这股原动力促使他越画越快、越好,而他也乐在其中,很享受画画的过程。例如,毕加索一生创作数量庞大,大约创作了四万多幅作品;夏卡尔一生画了九千多幅作品。

培养孩子进入焦点的能力,是每一个父母都要重视的事情。不要在孩子专注做事时,因类似提醒喝水等琐事影响和干扰孩子,打断孩子的思维线路,阻断孩子专注的状态。父母要给孩子创造一个安静的空间,利用一些孩子感兴趣的事物来延长孩子专注的时间,比如,利用训练专注的玩具,提供孩子当下喜欢的书籍,提供一些艺术创作的材料,等等。

制心于一处,无事不办!一个人选择自己最拿手、最喜欢的事物,然后把它做到极致,无论做什么,没有不成功的!
虽然我们有两只手,但只能做一件事。
虽然我们有两条腿,但只能走一条路。
虽然我们有两只眼睛,但只能看一个焦点。
我们只有一颗心,更应放在单一焦点上。

制心于一处,无事不办!对于一心想完成事物的人,让梦想完成比睡觉有趣多了。

——如果你的余生只能有一个选项,你会做什么?
——有哪些正面积极的事,没钱可赚你都想干的?

如果一件事不能赚一分钱你都愿意干,这件事就是你的最爱!

人生最重要的是:及早选择人生的目标。不要把心神放在与人生目标无关的焦点上。人的能力相差100倍,每个人都可以厉害100倍,只是自己不相信。绝对不要低估自己的实力,因为你绝不只是如此而已。

心是个很奇妙的器官,我们的心对准了什么,焦点就无限扩大占领整个心。
如果我们的心对准了天空,我们便看不到大地。
如果我们的心对准了岩石,我们便看不到花朵。
如果我们的心对准了过去,我们便看不到未来。

人应该无我地融于此时、此地、此刻。人的心境更像流水一样,无间无断,如果见泡起念,那只是妄想。专心不二地活在当下,无论我们正在做什么,心专注于眼前的焦点上。

有一则神话:
射箭高手特洛那在林子里问一个学生:"看见鸟没有?"

答:"看见了。"

又问:"看见我跟树林子没有?"

答:"老师,我不瞎,都看见了。"

特洛那叹了口气,又把同样的问题问了另一个孩子,那孩子说:"我的眼里只有鸟!"

说完,一箭命中。特洛那大喜,说:"这才是我的好学生。"

# 第六章
# 快速记忆的奥秘

## 学习的要领

如果地球将要毁灭,只能留下一句最富有智慧的话语,传到宇宙给其他星系的人们,我认为这句话是:

宇宙中一切事物的底层都有规律,有规律就有必胜的方法,行动之前先思考出什么是达成这个目标的必胜之法。

学习的要领是:及早学会自我学习和自发性学习。不同科目学习各有难点,每个人各有招数。及早创建自己的学习宝典,学习的路径就变成宽畅的高速大道。

学校老师为顾及全班同学进度,总是教得又慢又少,从小学一年级到大学毕业,整整十六年也大概只教了100本书而已,自己主动学才能学得又多又好。而大多数的学生都深感学习缓慢又没有效率,困难重重。

其实学习是有诀窍的,数学、英语、日语各科目都有各自的学习诀窍,每个人都应该针对自己的情况自创独门学习绝招。

## 图像记忆法

讲图像记忆的方法之前，不妨先看看图像思维。

蔡老师的生活中到处是图像思维的经典案例。每次有客人来造访，他都会在前一天就准备好需要给客人展示的资料以及各种物品，整齐地堆放在会客桌上。他会先用图像思维的能力在脑中预演一遍客人拜访的流程，以及各阶段所需要用到的物品。这样即可做到需要什么都信手拈来，轻松自如。

而对于蔡老师来说，发生的一切都在他的意料之中。令我哭笑不得的事情是，他经常提前数天准备好几张写满了数学问题的试纸，就等着我登门造访的时候来做。每次造访当我们都落座后，他便微笑着从邻座的椅子上抽出预先准备的试纸，并告诉我几分钟内要完成。

有一次他过生日，我去给他庆生。老远便看见桌上有一块蛋糕，他竟说是给我留下的，并嘱咐我快点吃……一时都分不清到底是谁在过生日。

举这些例子，是为了说明蔡老师的图像思维。他在做所有事情之前，都会先详细地想象一遍事情的精确流程。如此一来，事情的成功率便会很高。

记住，越将一件事物具象化，细节与流程越多，便越可能实现。

拿破仑说："想象支配着整个世界。"

想象才是人生的血肉，没有想象人生只不过是一堆白骨。爱因斯坦说："想象力比知识重要。"一切创造都是想象力与执行力的结合。

没有想象力作为先导，探索、创造便不可行。想象力是创意的源头，是智慧的起源！

想象力像网一样，你有多大的网，便能网住多大面积的鱼。如果你只有一根钓竿，你只能被动地期待鱼自动上钩被你钓上来。

人生最重要的想象力，是在心中想象具体目标。只有这样，才能完成梦想。NBA快艇队控卫克里斯·保罗小时候，很崇拜史蒂夫·纳什、杰森·基德、阿伦·艾弗森。

保罗三岁时，自我期许："我长大后要像纳什那样突入内线，像基德那样传球，像艾弗森那样运球。"

2005年，保罗进入NBA，他在球场上运球传球的高超技巧，使其成为当今NBA第一控卫。因为纳什的突入内线，基德的传球和艾弗森的运球等画面在保罗的大脑中刻画得非常具体，所以他的高超技巧才玩得跟偶像一样。

蔡老师讲过一个故事：

他经常搭出租车到国际桥艺中心打桥牌，上车时他总是说："麻烦载我到忠孝东路3段217巷巷底，就是过复兴北路之后第二个红灯右转。"

车子经过复兴北路后，司机问："是下一个红灯吗？"

他说："第二个红灯才对。"

到了第二个红灯，司机又问："需要转进去吗？"

他说："上车时已经说过，要开到巷底。"

这位出租车司机并没有把目标转化为心中的想象，习惯于听命行事，难怪这位司机还在为生活奔波。

很多人不会想象，脑中没有终极目标图形，只会天天在原地打转。行动没有目标，盲目前行，就像一匹被遮着眼睛的拖车驴子，完成不了大事情。

再比如，蔡老师很爱打桥牌，三十几年来参加过很多次桥牌比赛，包括十次亚洲杯，三次世界杯，共赢得125个桥牌冠、亚军奖杯。

比赛赢得奖杯跟准点搭飞机的道理一样，应该由终点线倒叙回来。

每当出发前，蔡老师会先擦干净摆冠军杯的位置，拍拍它说："等着吧，十天后我会拿冠军杯回来。"

抵达比赛会场，他会走到颁奖台轻抚摆在上面的冠军杯，然后悄悄告诉冠军杯："乖，十天后我会将你带回台北。"

然后逆向思考，大脑建构虚拟情境画面，由最后倒叙回来：最后一场冠亚军赛，敌方气急败坏，你神闲气定已赢得大把分数，只要小心处理最后的垃圾时间就行。

倒数第二场四强赛：你神闲气定，已经赢得大把分数，马上进入冠亚军赛。
倒数第三场，分数在八强里面。
倒数第四场，成绩至少在所有参赛队伍的中间。
牢牢记住以上这些夺得冠军的次第过程的画面，然后像要去机场搭飞机一样，按照事先虚拟的情境画面逐步执行，依计划从第一场打到最后一场。

他说，其实要求还算简单。例如，亚洲杯一共16队要打15场，打冠亚军赛时成绩是前两名，倒数第2场保持前4名，倒数第3场成绩为前8名，前面12场轻松打，只要分数维持在中间水平就行。

最关键的是要连赢最后三场，很多人每逢关键时刻总会怯场，表现不出正常水平，成功者则恰恰相反，越关键表现得越好。

我们能够青出于蓝更胜于蓝，正是因为学习能力与众不同。

传闻，当初埃及要创造文字时，有一个埃及长老对法老王说："我们若创造了文字，用来记载成书本，我们造出了外在的这一本，便将失去内在的那一本。"

埃及长老的预言果然没有错，人创造了文字，于是就失去了没有文字以前的图像记忆术。

两千多年来，人类的智商并没有因文字的发明而进化！从前没有文字的时代，人们用图像画面思考、记忆，动物也是用画面记忆的。自古以来，文学、哲学、数学、物理的成就取得者大多数是左右大脑都很发达的图像思考者！左脑负责逻辑归纳思考，右脑负责图像思维。右脑是创造力的原乡，创新的起源！

难怪蔡志忠的好朋友中国台湾剧作家焦雄屏开玩笑说："真应该切开他的脑袋，看看里面是什么结构，怎么可以一面物理、数学的逻辑那么好，一面又是禅宗、漫画，还兼具诗性与幽默。"

蔡志忠回忆，年轻时曾在《读者文摘》上看到一篇关于记忆的文章：

我们很难记住像酱油、盐巴、西瓜、衬衫、浴缸五种完全不相关的名词，但如果我们把这五种物品组合成一幅荒谬的画面：一个

人穿着衬衫坐在浴缸里，用酱油洗澡，边撒盐巴边吃西瓜，便很容易记住这五件东西，这就是有效的图像记忆法！

一般人习惯用文字思考，用名词记忆。

蔡志忠一岁时便开始念《圣经》，由于不识字，所有的《圣经》里的故事都是用画面记忆的，同时也养成了用画面思考的习惯，因此他的大脑里装满了各式各样的图像。

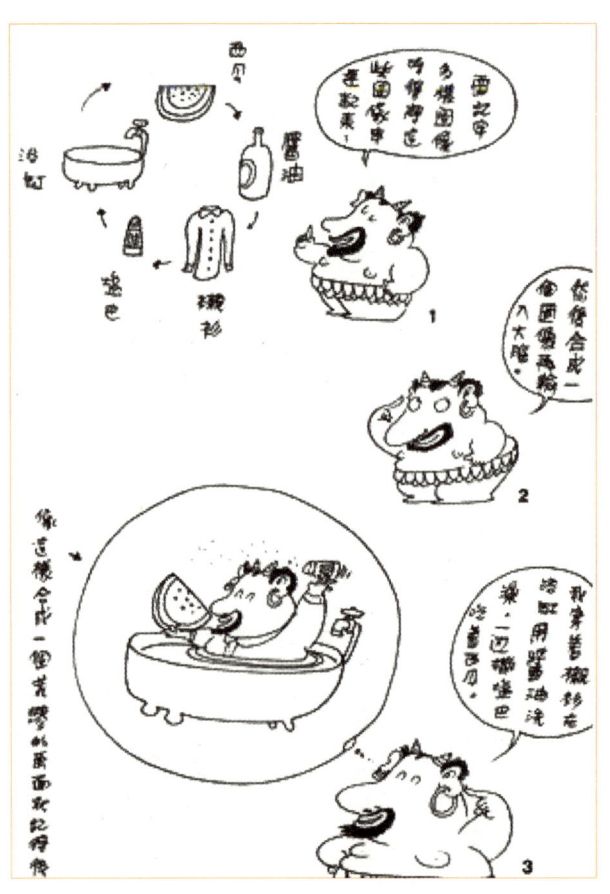

长大后无论学习什么，他都是用画面取代文字，例如，学习英语、日语也是如此。

## 英语快速记忆法

学习英语必须背大量的单词，但如果不经常真正地使用，今天背好五十个，明天便又忘记了大半。因此在背单词以前，我们要先想清楚记忆的真正要领是什么。

记忆的关键是要先有记住的钥匙环，如果我们的大脑是个抽屉，放进一把钥匙当然拿得出来。但当这个抽屉要放进一万把以上的钥匙时，一放进去便找不到了。

所以记忆不是记进去，而是要记住将来要取出来时的线头。
例如，当把一万把钥匙放进抽屉时，要把相关的钥匙串成一大串，然后再用钥匙环将它们串在一起，我们会发现越大串的钥匙越容易找到。单把钥匙最不易找到。

记忆也是如此，一次背相关的越多，所花的时间越短，但记得越牢。
背得越少，所花的时间越长，也最容易忘记。我们就以背英文单词为例。
他总结出一套"独门秘籍"——英文单字符串联记忆法。

首先画出笛卡尔坐标，X(并行线)Y(垂直线)相交：

把 A- 和 B、C、D、G、T、Z、PH、ST、TB 写在垂直的 Y 轴，平行 X 轴上写后续字母 ONE，组合起来便一口气牢记 10 个英文单词：

A-ONE 头等

BONE 骨头

CONE 圆锥体

DONE 完成

GONE 消失

TONE 音调

ZONE 区域

PHONE 电话

STONE 石头

T-BONE 丁骨牛排

相同地，把 L、D、P、SP、B、SH、M 写在垂直的 Y 轴，平行 X 轴上写后续字母 ARK，组合起来：

LARK 云雀

DARK 黑暗

PARK 公园

SPARK 星星之火

BARK 树皮

SHARK 鲨鱼

MARK 商标（或德国马克）

然后再把它们串联成一个故事：

一只云雀（LARK）去一个黑暗（DARK）的公园（PARK），

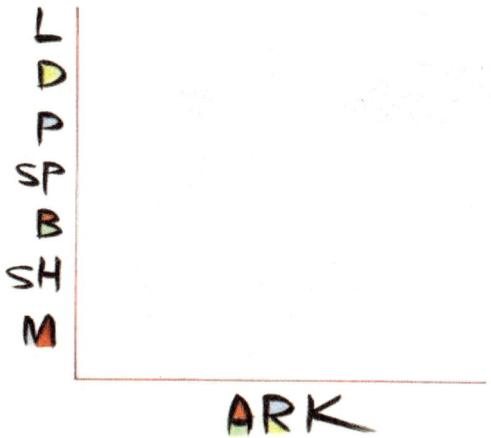

透过星星之火(SPARK)在树皮(BARK)上雕刻鲨鱼(SHARK)的商标(MARK)。

于是便一口气牢记了七个英文单词。

形成了英文单词图像记忆网。

英文单词图像记忆法也可以让垂直的Y轴当字根,平行的X轴变化。

例如，Y 轴上写 MAR

而平行的 X 轴上则写上 X、S、E、KET、Y、K，便串联出六个英文单词：

MARX 马克思

MARS 母马

MARE 火星

MARKET 市场

MARY 玛利亚

MARK 商标（德国马克）

然后用一个故事将这些英文单词串联起来：

马克思（MARX）骑母马（MARS），到火星（MARE）的市场（MARKET）用马克（MARK）买玛利亚（MARY）的商标（MARK）。

垂直的 Y 轴上写 CH、N、S、H、M、B、SW 等。

平行的 X 轴上写 EAT，便串联出六个英文单词：

EAT 吃

CHEAT 骗

NEAT 干净

HEAT 热

MEAT 肉

SWEAT 汗

BEAT 击打

串联的故事：一个骗子骗吃骗喝，他到一家干净的餐厅，坐在热火炉边，边吃着肉流着汗，边击打着鼓。

垂直的 Y 轴上写 F、T、C、ST、P 等。

平行的 X 轴上写 OOL，便串联出五个英文单词：

FOOL 笨蛋

TOOL 工具

COOL 冷

STOOL 凳子

POOL 池塘

串联的故事：笨蛋总是学不会使用工具，常在很冷的天气用凳子当饵，在池塘钓鱼。

## 日语快速记忆法

一个漫画家如何在三个月内学会日语?

这应该要分成几个步骤:
1. 首先要背好五十音的片假名、平假名的字母和发音。

中国台湾因甲午战争被割让给日本,在蔡志忠出生前,中国台湾的民众还在接受日本教育,台湾光复之后日语在民间还是很通行。生活对话里还夹杂了很多日语名词,乡下小孩大都能轻松念出日语的五十音,问题是要如何轻松背出日语五十音的片假名和平假名字母?

1985年5月,蔡志忠在日本东京神保丁书泉书屋

扣除重复的字母，片假名和平假名的五十音共有95个字母要背。如果没有特殊的记忆方法，背95个字母也不是一件轻松简单的事。

日语片假名记忆法：

"我发现日文的片假名是取中文的部首。例如，前十音是取阿、伊、宇、江、于、加、几、久、介、己十个汉字的部首或局部。因此，记忆时我直接背五十音的汉字，等到真正要书写时再还原为日语的片假名。"

阿伊宇江于
加几久介己
散之须世曾
多千川天止
奈仁奴祢乃
八比不部保
万三牟女毛
也伊由江与
良利流礼吕
和井宇慧乎

日语平假名记忆法：

平假名是采用中文草书。例如，前十音是取安、以、宇、衣、于、加、几、久、计、己十个字的部首或字的局部。

114

因此，记忆时直接背平假名五十音的汉字，等到真正要书写时再还原为日文的平假名。

安以宇衣于
加几久计己
左之寸世曾
太知川天止
奈仁奴祢乃
波比不部保
末美武女毛
也以由衣与
良利留礼吕
和为宇惠远

2. 背大量的日语单字。

日文单字图像记忆法：

学习不同语种，必须背大量的单字，学习日语要背大量的单字和 800 多个动词。名词比动词容易记，生活在东京，每天到餐厅或居酒屋吃饭喝酒时，用惯了自然就会记住。但每一句日语都含有一个变化动词，错用动词时别人就听不明白你到底在说些什么。因此，蔡老师都是以"图像联想记忆法"背日语动词。例如：

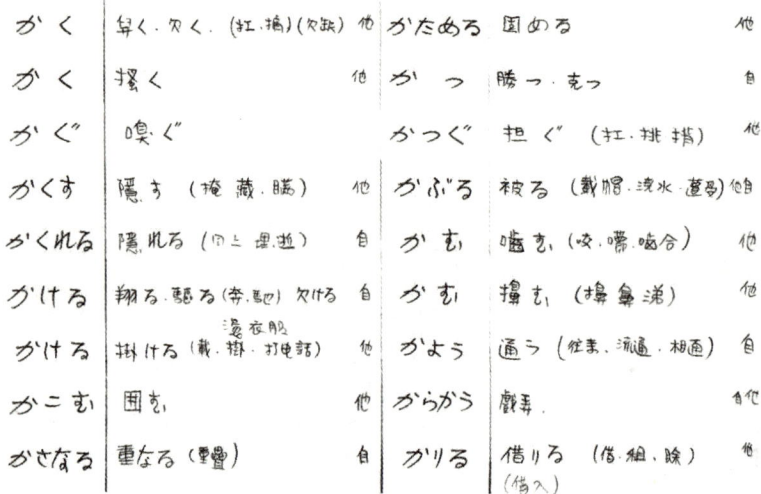

(1) 汉字"闭"的日语发音：喜美。

（画一部喜美品牌的车子正在关门。）

(2) 汉字"跳舞"的日语发音：麦以。

（画一棵麦正在跳舞。）

(3)"卷、播、莳"的日语发音:马。

(画一匹马正在做卷、播、莳的动作。)

(4)"转弯"的日语发音:马瓦斯。

(画一匹马正在转弯时,跑道上挡了一排瓦斯。)

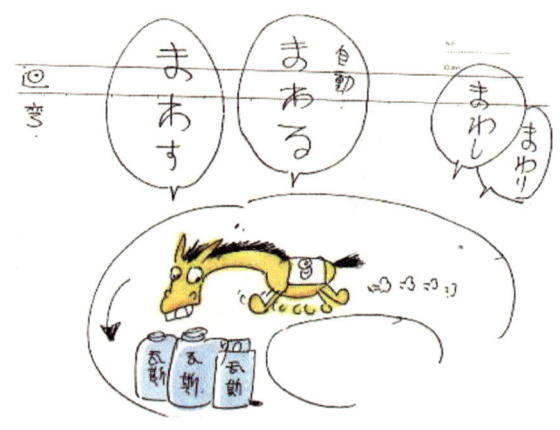

(5)"脱、缝、偷、拔、抹、涂"的日语发音:奴。

(画人正在做脱、缝、偷、拔、抹、涂的动作。)

(6)"退、采、取、摄、拿、执、捕、飞"的日语发音：豆。

（画一颗豆正在做退、采、取、摄、拿、执、捕、飞的动作。）

(7)"胜、嗅、隐、回"的日语发音：卡（CAR）。

（画一部汽车正在做胜、嗅、隐、回的动作。）

3. 日语动词的五段变化。

每句日语几乎都含有动词，动词在字句中通常分为：现在进行式、可能性、疑问句、原形。

例如，抽烟的动词"抽"用在句子里便有：

他正在抽烟。（现在进行式）

你有抽烟吗？（可能性）

这里可不可以抽烟？（疑问句）

动词原形抽。（原形）

而这四种动词变化正好分别由第二三四的横排字母改变。

4. 真正弄懂日语助词的意思。

每一句日语几乎都是由几个不同的助词结构组合出来的，不懂得正确使用助词便无法说日语。因此蔡老师先研究每个助词的用意，助词决定前面名词的作用。

デパート へ ふく を かい に いきます
に ほん へ にほんご を べんきょう し に きました
しょくどう へ ごはん を たべ に いきます
きっさてん へ コーヒー を のみ に いきます

ここ
そこ
あそこ
どこ
｝表示地方用 に

なにか　那裡？
なにも　＋否定
だれか　誰
だれも　＋否定

[手写笔记图]

于是蔡老师从报纸杂志上誊出很多日语的句子，仔细研究助词的用意。

最后，终于弄懂了助词的意思和如何正确地使用助词。

[手写笔记图]

5. 整理日语句型。

当背好名词动词，并完全弄懂助词的使用、动词的五段变化、两类不同形容词的修饰之后，蔡老师一共整理出 29 种句型，现在只要在 29 种句型的助词与助词之间的空格里正确摆入各种名词、动词和形容词，就是日语的各种句型。碰到任何句子都可以自行灵活应用了。

　　在29种句型的基础之下，要说什么日语，只要选好句型，套入名词、变化动词，就是一句标准日语了。

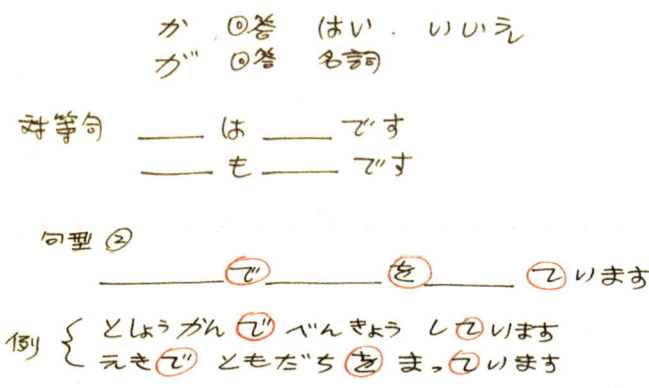

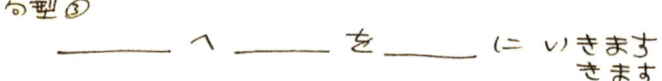

句型④　もう　まだ

　　もう　しゅくだい を しましたか

　　いいえ　まだ です　はい　もう しました

　　もう　たべましたか

　　いいえ　まだ です　はい　もう たべました

蔡老师再次强调道:"学习就是为了用,如果不用,学了也没有用。无论我们学习数学还是语言,都是用以致学,而非学以致用。是用了才学会的,一个句子只要亲自到外面用过一次之后,便能终生记住,终身受用。"

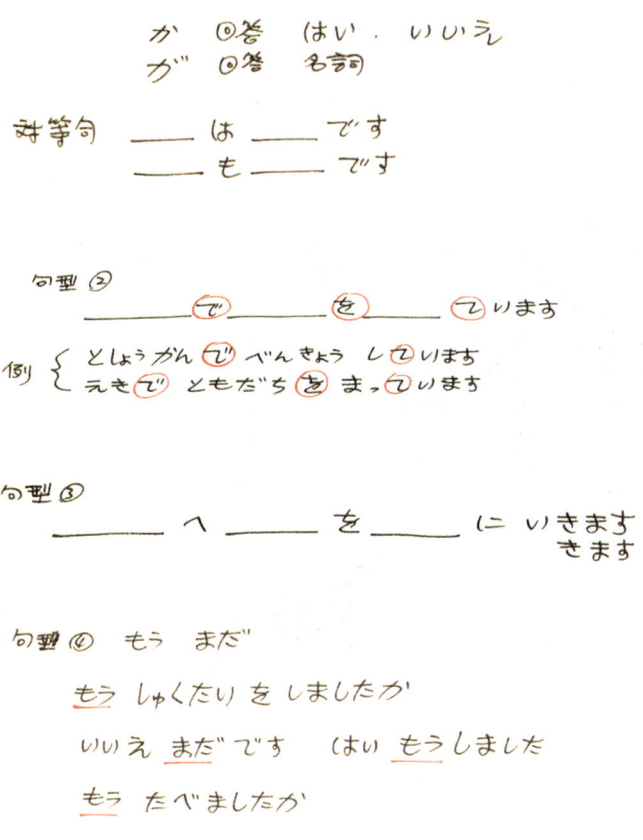

蔡老师会把这些助词全部归纳起来,因为一个助词在不同的句式中有不同的用法,把它们的所有用法都记下来,会加深对这个助词的印象。

### 他常说:"没有效率的努力是没有用的!"

人生不是走斜坡,只要持之以恒就能达到巅峰!人生是走阶梯,每一阶有每一阶的难点,没克服难点,再怎么努力也只是在原地跳而已,没有任何进展。

来祖国大陆以前蔡志忠在日本已经很知名,1998年3月1日,蔡志忠"漫画诸子百家"系列在祖国大陆发行,日本读卖新闻专程到王府景新华书店蔡志忠签名会现场采访。

蔡老师学三个月日语之后便接受东京新闻采访，身旁没有日文翻译人员。

## 数学学习宝典

蔡老师有次提及他学习数学时的经历：由于中国台湾初中考高中的数学考试中，每年都会出一题：请列举五个整数勾股定理。因此，学校的数学老师会在黑板上写下十个比较简单、容易记的整数勾股定理，要同学们在升学考试之前背好以应付考试。

然而读书不是为了应付考试，学数学不是为了背公式，而是引发学生思考，点燃内心的激情而对数学产生兴趣，自发性学习。

例如，列举整数勾股定理的这个问题，如果你想通了，洞穿其中暗藏的玄机，便可以进行简单的心算，写出无限个整数勾股定理。

如果自然数有一万个，我们便可以写出一亿个整数勾股定理。

如果自然数有无限个，我们便可以写出无限 × 无限的整数。

如何求出整数勾股定理呢？

于是我们便可以通过心算得出，由 A=3 开始，到 A= 无穷大的一连串整数勾股定理。

$3^2+4^2=5^2$

$5^2+12^2=13^2$

$6^2+8^2=10^2$

$7^2+24^2=25^2$

$8^2+15^2=17^2$

$9^2+40^2=41^2$

$10^2+24^2=26^2$

$11^2+60^2=61^2$

$12^2+35^2=37^2$

$13^2+84^2=85^2$

$14^2+48^2=50^2$

$15^2+112^2=113^2$

$16^2+63^2=65^2$

$17^2+144^2=145^2$

$18^2+80^2=82^2$

$19^2+180^2=181^2$

$20^2+99^2=101^2$

$21^2+220^2=221^2$

$22^2+120^2=122^2$

$23^2+264^2=265^2$

$24^2+143^2=145^2$

$25^2+312^2=313^2$

$26^2+168^2=170^2$

$27^2+364^2=364^2$

$28^2+195^2=197^2$

$29^2+420^2=421^2$

$30^2+224^2=226^2$

$31^2+480^2=481^2$

$32^2+255^2=257^2$

$33^2+544^2=545^2$

$34^2+288^2=290^2$

$35^2+612^2=613^2$

$36^2+323^2=325^2$

$37^2+684^2=656^2$

$38^2+360^2=362^2$

$39^2+760^2=761^2$

$40^2+399^2=401^2$

……

通过心算便可轻易地写出，由 A=3 开始到 A= 无限大的整数勾股定理系列：

$3^2+4^2=5^2$

$5^2+12^2=13^2$

$6^2+8^2=10^2$

$7^2+24^2=25^2$

$8^2+15^2=17^2$

$8^2+40^2=41^2$

$10^2+24^2=26^2$

$11^2+60^2=61^2$

$12^2+25^2=37^2$

$13^2+84^2=85^2$

$14^2+48^2=50^2$

$15^2+112^2=113^2$

$16^2+63^2=65^2$

$17^2+144^2=145^2$

$18^2+80^2=82^2$

$19^2+180^2=181^2$

$20^2+99^2=101^2$

$21^2+220^2=221^2$

$22^2+120^2=122$

……

有一次，蔡老师与朋友探讨数学问题：

朋友问："有1000个铜板，任你摆成十堆，然后不准再动了，从1~1000中的任意数都能指出是由这十堆的哪几堆所构成的，请问这十堆该怎么摆？"

蔡老师说："这是个好的数学问题，真有答案吗？"

朋友说："我怎么敢骗你？绝对有答案。"

蔡老师说："好，我来想一下这个问题，如果一楼是无知，二楼是真理，从无知到真理之间有十个阶梯需要克服。"

朋友说："嗯，确实是这样。"

蔡老师说："我思考问题，一向先把自己当成一个无知的孩子，然后在无知的基础上找到第一个正确答案，在第一个正确答案的基础上找到第二个正确答案，在第二个正确答案的基础上找到第三个正确答案，然后四、五、六、七、八、九、十，走进第十阶的真理。"

朋友笑道："好，你说说看这十堆该怎么摆？"

蔡老师笑着说："总要有一堆是1吧？你要我拿1，我都拿不出来，其他更大的数就别提了。"

蔡老师又说："总要有一堆是2吧？你要我拿2我都拿不出来，更何况其他的数。"

蔡老师接着说："有1、2就不需要3了，总要有一堆是4吧？你要我拿4我都拿不出来，其他的数更别提了。"

蔡老师又说："有1、2、4就不需要5、6、7了，总要有一堆是8吧？你要我拿8我也拿不出来，更何况其他的数。"

蔡老师最后说："任意摆十堆的答案不是出来了吗？九堆是1、2、4、8、16、32、64、128、256，这九堆相加是511，第十堆是489。"

两分钟破解十堆铜板问题，朋友哑口无言。

后来，蔡老师用这一问题考一位留美数学天才，他思考二十分钟之后说："我知道跟 $2^{10}$ 有关，只是不明白 $2^{10}$ 是1024，不是1000。"

蔡老师知道他从一生所学的数学数据库中搜寻跟10和1000有关的数学公式，得到 $2^{10}=1024$ 这个资料。

蔡老师又用这一问题考留学英国剑桥大学的中研院物理博士，他听完问题，稍加思考，随即跟餐厅服务员要了一张A4纸，在纸上写了十个非常深奥的数学公式，对着A4纸埋头苦思了五六分钟。

蔡老师笑着跟他说："如果你想从过去自己所学的高等数学公式中找答案，让你再活三辈子也找不到答案。"

从这个十堆铜板问题，蔡老师发现在学校学习得越多，越丧失了纯洁的思考能力，只能从过去一生所学中，去搜索有没有刚好可以解决的答案。

学得越多，需要搜寻的数据库越大，越找不到答案！

其实，学习要培养独立思考的能力，而不是为了换取文凭，或只是把知识填鸭式装进脑袋瓜里，成为考满分的考试机器。

1000个铜板摆十堆的数学问题的正确答案很简单，十堆铜板分别为：

第1堆：$2^0$=1

第2堆：$2^1$=2

第3堆：$2^2$=4

第4堆：$2^3$=8

第5堆：$2^4$=16

第6堆：$2^5$=32

第7堆：$2^6$=64

第8堆：$2^7$=128

第9堆：$2^8$=256

第10堆：1000－511=489

# 第七章
# 让自己厉害100倍的方法

## 疯狂投入

蔡老师的成功秘诀是什么？当他想要做一件事时，他会立即付诸行动。例如，除夕吃完年夜饭，他便开始认真工作，套用今天的话语就是："不输人于起跑线。"

最高的成就不只是登上顶峰，更在于能在高原上维持多长时间。蔡老师几乎一年三百六十五天，天天都处于最佳工作状态，整整一年都是处在最高效率的高原上。

**每个人都能通过疯狂投入厉害 100 倍，只是自己不相信！**

蔡老师没有三头六臂，没有家世、文凭，没有人际关系。十五岁时带着 70 元人民币只身到台北闯天下，至今五十八年。他已经成为世界上最有影响力的漫画家之一，他的漫画作品被翻译为 26 种语言，在 59 个国家出版，总销售超过 4000 万册。

二十九岁那一年，蔡老师创办了龙卡通动画公司，同时也开始迷恋桥牌，每天傍晚六点半前后便天人交战，去桥牌社打牌，还是在公司画动画加班？在人生中最忙的 1984 年，他一边画漫画《大醉侠》《光头神探》，一边拍《乌龙院》动画电影，还天天去打牌，那年还得了中国台湾桥牌正点累积最多的年度正点总冠军。

移民温哥华以后，他开始研究佛学，1992 年，为了画佛经漫画，他到古董市场买尊佛像做参考，却爱上了古铜佛收藏，当时，只有 800 多万存款，十几年间他倾尽全力，还卖掉了两栋房子，收藏了 3520 尊镏金铜佛像，成为全世界收藏铜佛数量最多的人。

研究佛学思想之后，他发现自己越来越聪明，想挑战世上最难的物理，于是他又闭关十年研究物理、数学。

他喜欢挑战自己的极限，一生喜欢漫画、动画、物理、数学、电影、热门音乐、桥牌、铜佛。无论喜欢什么，他都会放纵自己将喜欢的事情做到极致。

如果你所担任的工作刚好是最讨厌的、最不拿手的，那么你便是摆错了自己的位置，你必须及早改行，否则，将会一事无成，只是原地打转混日子。只有死掉的鱼才随波逐流，活的鱼通常都逆水而游。

我们无法让一个对音乐没兴趣的小孩每天练琴八个钟头，但一个对电玩入迷的小孩，他可以在网咖连打两个礼拜。

当一个人文凭、智能手机、平板计算机、时尚、名牌什么都想要时，就不可能成为厉害角色。

一个人如果找到了人生焦点，他便会排除不必要的一切，专精于一，将整个身心投注于焦点之中，这就是他最厉害的时候。

当一个人疯狂做某一件事，或极力朝向某一个目标，由于成果非凡而感到身心非常愉悦时，他会猛然顿悟出成为厉害角色的秘密！

成功者的秘密就是自己真正体悟：

是成就激励了自己的心，能勇往直前，朝梦想前进，不需要刻意。当制心于一处，疯狂做某一件事时，不累，不饿，不困，不病，不死。在事情没完成之前，连死神都怕他。

于是，他的智商增加50%，工作时间增加两倍，效率增加十倍、百倍，任谁都挡不住他成为一个超级厉害的角色。

苹果公司的CEO蒂姆西·库克每天早上3点45分起床，一直工作到深夜。每天第一个到达办公室，最后一个离开。

雅虎公司的CEO玛丽莎·梅耶尔在谷歌时，每周工作130小时。玛丽莎说："没有什么是不可能的，只要你能忍受在桌子底下睡觉，在洗澡时分秒必争，就不成问题。"

脸书创办人马克·扎克伯格说："别人睡觉了，我还在熬夜；别人下班了，我还在工作。"

制心于一处，无事不成！对于一心想完成事物的人，让梦想实现比睡觉有趣多了。

蔡志忠说，从2015年5月5日开始，他看了超过三千万个文字，详读了这一百年来欧美、日本的成功企业家创业史，以及近五十年来电脑网络IT产业的发展史。

从过去几百位白手起家的企业家洛克菲勒、卡耐基、摩根、松下幸之助、盛田昭夫、比尔·盖茨、史蒂芬·乔布斯等人的创业成功故事，他发现：成功不是比别人更努力、更刻苦，而是要选择自己最拿手、最喜欢的事物长久坚持去做,你终会完成这件事情。

直到今天,蔡志忠还一直保持着年轻时代疯狂投入的习惯,对自己所关注的事物,全力以赴,对于跟自己无关的事物除了概略知道,都予以忽视,而这个习惯也使我深觉获益。

我们的心像一个功能优良的摄影镜头,好的镜头可以精确无比地对准所要拍的物件,令前景、背景失焦,突显主题目标。

无论我们做什么,能有多大的成果与收获,完全要看我们投入得多深,聚焦得多准。无限疯狂才能拥有最大的聚焦能力,向无限深处投入,让内心的热情继续燃烧,才能抵达成就的临界点。

无限疯狂地投入,我们才知道所投入的对象,自己到底有多爱,更重要的是让热诚燃烧到临界点之后,工作再也不是工作,不需要毅力,没有苦与累这回事,有的只是无限的积极和享受。

努力问狂热:"我跟你的差别在哪里?"
狂热说:"你做只是为了达成目标,我是迷恋到没做会死掉。"
努力说:"这会有多大的差别?"
狂热对努力说:"你很难一生每天都努力十五个小时,对狂热者而言,他恨不得一天有四十八个小时,能疯狂投入,与自己所爱相处。"

努力是为了达成自己所期待的目的，需要毅力来支撑。

狂热是融入自己所疯狂的事物本身，所以不累不困，才能持久。

一个人要选择自己最拿手、最喜欢的事物，然后全力以赴，把它做到极致，没有不成功的。但是单凭努力不一定会得到好结果，没有效率的努力是没有用的。做自己喜欢的事，达到最高效率，没有极限，这不是毅力，是疯了，是太喜欢做喜欢做的事了。

如果我们需要努力、毅力去做一件事，那么这件事显然不是自己真正喜欢的。

如果你真正喜爱什么事情，又能自主，全力以赴是不由自主的。

孙子说，善战者无战功、无战名。善胜者赢得胜利仿佛轻而易举。因为他已经计算好一切，只是用行动去把胜利取回来而已。

不够专业的人才需要很努力地去达成任务。厉害的角色依靠自己的专业，而不是努力去达成目的。就算是学习期间，找对了自己的学习目标，乐于学习，其实也不需要努力、毅力。如果我们学习得很痛苦，必然是因为我们没有找到学习的窍门与规律。

蔡志忠在画画、写作时是身不由己，拼命想画，拼命想写，迫切地想一路到底，完成当下在做的事。

他十五岁成为职业漫画家，直到今天从事动漫五十多年，五十多年来他几乎完全不间断工作，没有哪一天不画画。他说，生命的乐趣，就是让我们了解自己的潜力到底有多大，能做到什么地步。

如果我们需要努力、毅力去做一件事，那么这件事显然不是自己真正喜欢的。如果你真正喜爱什么事情，又能自主，全力以赴是不由自主的。

蔡老师说："我平常天黑就睡觉，凌晨一点起床，几乎每天都工作16个钟头以上，四十几年不吃早餐，最近几年来每天只吃一顿饭。除了蛀牙和感冒之外，从没有生过病，没去过医院。只要真正喜欢便会不由自主、使尽全力地疯狂投入，专注到废寝忘食！因此睡觉时间都很短，只要一醒来便急着展开新的一天。这时便能达到'不饿、不累、不困、不病、不死'的境地。"

有人说："你真是超乎常人的努力认真。"

蔡老师总是回答道："我一生从没工作过，有的只是梦想完成的享受。"

有人说："每天工作16个钟头而不累，真难以理解。"

他说:"从事需要毅力支撑的工作才会累,当你选择自己的挚爱作为职业,跟焦点热恋,便没有累这回事。"

如果现在你问他:"你对自己的一生有何感想?"

他会回答道:"日日是好日,处处是天堂。"

全力以赴完成一件事,是得到真正快乐的唯一方法,并不是一种义务。对于真正爱的事,一定会全力投入,因此会得到乐趣。投入愈多,喜乐愈大,获得的成果也越多。

## 高效的时间管理

创作《芬兰颂》的芬兰音乐家西贝柳斯去世后,芬兰人在赫尔辛基市为他树立了一座由600多根不锈钢管组成的类似管风琴的纪念碑。

芬兰女雕塑家艾拉·希拉图南只花了一天时间,就完成了纪念碑的建造,每根钢管的处理都表现了芬兰金属处理的特殊工艺。让这首《芬兰颂》永远响彻西贝柳斯纪念碑公园。

芬兰女雕塑家艾拉·希拉图南效率惊人,堪称世界第一。

二十世纪二十年代，对战后的德国年轻人来说是段难熬的日子，通货膨胀，经济萧条，生活很不好过。德国作家雷马克说："那段时间我干过各式各样的工作，有时提着手提箱，贩卖零星物品。后来又做过石匠，还在一家精神病院当过风琴手。"

之后，他担任《体育画报》编辑，雷马克自认文笔不错，于是便在工作之余写小说，仅仅花了四十二个晚上就完成了《西线无战事》。第一本作品大卖500万本，成为当时世界上最畅销的小说。

才华像一把古剑一样，长期封在剑鞘而不拿出来使用，就会生锈成废物。如果当初雷马克没有运用自己的才华进行写作，就没有《战后》《三个战友》《黑色方尖碑》《凯旋门》《里斯本之夜》等世界名著。

**管理自己，先管理时间。**

时间的价值就像金钱的价值一样：完全体现在如何使用上。

速度有时就是决定成败的因素。速度是什么？就是我们的行动力。我们可以用一个铁匠来做比喻：当铁在熔炉里被冶炼得通红之时，聪明的铁匠就会立刻把它捶打到自己想要的形状，只有愚痴的铁匠才会把它搁到一边，自己先去干别的事情，等着再锤它。这两种行为模式导致的结果是完全不一样的——前一种轻而易举地就完成了自己的梦想,后一种则需要多付出十倍甚至百倍的努力才能达成自己想要的效果。这两个铁匠的处事方式也表现着我们自己的生活。我们不要嘲笑这个铁匠,在我们的生命里也有很多时候像第二个铁匠一样。想到了一件事情,但是把它搁到了一边,或者做了一会儿就失去了兴趣,最后放到那里不了了之。

蔡老师就擅长规划自己的一生,人生的每一个阶段,他都有自己的计划。例如,在东京四年,画漫画"中国思想"系列,耗时三年研究佛学禅宗思想,闭关十年研究物理、数学。虽然时间是公平的,一天都是二十四小时,但要先有目标,才能在预定的时间内抵达终点。

时间管理课堂上,教授将桌上的鹅卵石填满大玻璃罐,然后问学生:"你们说罐子是不是满了?"

学生说:"是。"

教授又把小碎石子填进玻璃罐,再问学生:"这罐子是不是满了?"

学生说:"也许还没满。"

教授又填进沙子,问学生:"罐子满了还是没满?"

学生说:"还可以装进一些水。"

"没错!"教授说着拿出一瓶水倒满玻璃罐,"从这个实验得到什么启发?"

学生说:"时间像海绵一样,无论我们有多忙,总是还能挤出一些时间。"

教授问:"还有更重要的启示吗?"

学生说:"要先把鹅卵石放进罐子,再放小的东西。"

教授说:"没错,先用大时间处理大事,再用小时间处理小事情,才是正确的时间管理。"

时间是公平的,每个人都是一天二十四小时,但有的人硬是能将二十四小时变成四十八小时。

工作繁忙,是无能的表现。一个人很努力,通常是没有效率的外在表现。有效率的人,往往看起来不像很努力的样子。

时间管理并不是要把所有事情做完,而是更有效地运用时间。人的一生两笔最大的财富是:你的才华和你的时间。才华越来越多,但是时间越来越少,我们的一生可以说是用时间来换取才华。如果一天天过去了,我们的时间少了,而才华没有增加,那就是虚度了时光。所以,我们必须坚持使用有效时间管理的方法,节省时间,有效率地使用时间。

假如你每天能有一个小时完全不受任何人干扰地思考一些事情,或是做一些你认为最重要的事情,这一个小时可以抵过你一天的工作效率,甚至可能比三天的工作效率还要高。

## 做自己做到止于至善

有一次,世界最有名的小提琴家欧雷·布林在巴黎举行音乐会,他的小提琴上的 A 弦突然断了。

令人惊讶的是,欧雷·布林居然用另外的那三根弦演奏完了那支曲子。

哈瑞·艾默生·福斯狄克说:"这就是生活,如果你的 A 弦断了,就用其他三根弦把曲子演奏完。"

人生不如意十常八九,当前后都陷入绝境无路可走之时,别忘了可以向左右两边发展。

不是每一匹千里马都能找到伯乐,如果自己真的是一颗钻石,总会自己发光。

有一天,米开朗琪罗刚完成一件作品,正凝望作品沉思之际,一位朋友到访,问他正在想什么。

他答道:"我在构思,把雕像这部分修改一下,把那部分稍加琢磨,把这部分弄得柔和一些,使肌肉的线条突出一点。"

朋友不耐烦地说:"这些都是细节而已!"

米开朗琪罗很认真地回应道:"也许你可以这样说,但请你记着,将所有细节加起来,就是完美,而完美绝不是细节!"

## 创意不会自动从天上掉下来

我问蔡老师:"你画那么多漫画,创意从哪里来?"

他说:"无所事事走在大街上,唯一可能掉下来的是招牌,创意不会凭空掉下来。"

我不禁开始思考,蔡老师的漫画形象颇多,灵感从哪里来?珍珠是如何成为项链的?靠中间那根线。他一生的阅历是做成这根线的材料,简单来说,这根线就是他背后的1000个柜子!

创意跟知识呈正比,阅读得越多越广,创意也随之多起来。如同蚕要吃桑叶,经历五次脱皮才能吐丝。创造者也要通过摄食才能胸有块垒,不吐不快。

创作时,他都先针对自己有兴趣的主题大量阅读、研究、思考,积累在悬崖边,当开始创作时,将积累推下山来,重力加速度的力量,强到连他自己都无法将它停下来,没有完成之前无法自持。

很多媒体朋友问他:"是不是有一组人帮你编故事、写文字?"

他总是回答说:"整个工作环节创作最享受,画画完稿最累人。我怎么会把最享受的部分让别人做,而自己却去做最累人的部分?"

现在和从前一样,他不靠团队作战,只依靠自己一个人。对于作品他有"洁癖",他所出版的作品每个字、每个标点符号、每个造型、每根线条都是他所写所画的。

创意是人生中的至乐!通过思考产生创意,再把它具体呈现出来是人生最大的愉悦,世上没有什么能跟无中生有相比的了!每个人有自己的天堂,每个人的天堂不一样,对他而言,一个人处于孤寂中思考创作就是蔡志忠的天堂!

很多人会误以为突发奇想就是创新,其实创新不是把圆改为方,而是生产出改变人们生活习惯的产品。

创新就是创出成功的新产品。

一项成功创新产品的生产过程是:发现是1,发明是10,研发出产品是100,推广到市场被接受是1000。因此,初始创意价值才等于1,与成为改变人们生活习惯的创新产品之间的距离,还有千步之遥。

例如,目前最好的行业是文化创意产业,所谓文化创意产业就是通过创意，把文化变成产业，产业就是生产出 1，可复制 1000 万个产品。

然而文化、创意、产业是三个完全不同的物种，有文化的人不一定有创意和产业观念，能投资使它变成产业的有钱老板可能没创意、没文化，要将三者整合，必须遵守文化创意产业必胜三原则——"ABC"公式：

"A 创意"——好的创意构想。
"B 制作"——好的执行制作单位。
"C 回收"——将成品兑换为钞票。

蔡老师画"漫画诸子百家"系列，便是文化创意产业中一个非常成功的案例：

A：把中国诸子百家思想变成漫画书
B：由他亲自完成这套漫画书
C：将这套漫画书在世界上 48 个国家出版

结果证明用漫画画中国经典是很好的构想，他也确实把这套漫画画得很好，全球卖了 4000 多万本，兑换为很多钞票。

"ABC"三原则要由"C 回收"变现能力逆向思考回来，凡是不易变成钞票的创意都不是好的构想，能轻易变成钞票的构想才是好的创意。如果创意、制作、回收都能达到公式"ABC"的要求，那么活用智慧以换取财富便是一件非常简单的事。

然而，获利多寡必须仰赖"B制作"！无法制作出高质量，就没有生意可言。

当制作质量与变现回收没问题之后，效率是获利多寡的要素！

没有效率就没有数量，没有数量就没有经济规模，效率正比于获利大小。

一本书可以编三天，也可以编一年，人力成本相差120倍。

# 第八章
# 我思故我在

## 装睡的人是叫不醒的

机会不会因为等待而来,你必须去争取!

俄罗斯哲学家彼得·乌斯宾斯基说:"大多数人只是睡觉或半睡半觉,世上只有极少数人完全醒觉。"

如果我们人云亦云,随波逐流,没有自己的想法,那么便是还在睡梦中的或半睡半觉的迷者。

问:"什么样的人叫不醒?"

答:"装睡的人是叫不醒的!"

什么都没做,幻想自己能鹤立鸡群、出类拔萃,一厢情愿地期待好事自动到来就是"装睡"!

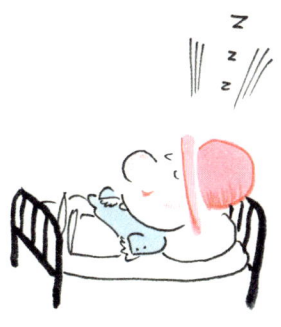

印度小王子进入森林,在一棵菩提树下打坐,七天七夜全然不动。

小母鸡走过来,好奇地问小王子:"你在孵蛋吗?"

小王子说:"不,我在打坐。"

小母鸡说:"不孵蛋,光是打坐能达成什么?"

小王子说:"打坐可以成佛。"

小母鸡说:"哈哈哈!如果光是坐着便能成佛,那么全天下的母鸡早都全部成佛了。"

开悟是觉悟出生命实相,获得身心安顿。

打坐只会不花钱、不长肉、不做坏事,什么都不做地打坐不会成佛。

犹太法典说,再睡一会儿,多睡一会儿,慢一会儿再起床……

如果你常常这么想,这么做,失败与贫穷马上跟着你来,全然不动不会有成就。

我们成为什么,正因为当初我们怎么想!每个人都有梦想,让美梦成真的唯一方法是从梦中醒来,用实际行动将梦想实现!

有生命的地方就有希望、有梦想。虽然不见得人人都能美梦成真,但一个人没有梦想,就像蝴蝶没有翅膀!蝴蝶是有梦想的小毛毛虫蜕变的!每只小毛毛虫都能蜕变成美丽的蝴蝶。人生不如意之事十之八九,勇于面对逆境是人性中重要的优点。成功与否就在于面对困境时我们怎么反应。

每个人当点燃心中的黎明，发挥自己的才能，成为一匹千里马，但也需要努力寻找知音伯乐，使自己发出光芒。

## 观念决定一切

正确的观念是成功的一半！错误的观念绝不可能抵达终点，正确的观念才能走对路。错误的观念有如蒙眼走路，瞎眼的猫绝对抓不到老鼠！

但别误以为改变观念很简单，其实它异常艰难。举一个不恰当的例子，这有如让一个觉得臭豆腐很臭、松花蛋很可怕的外国人吃臭豆腐、松花蛋一样难。

蔡老师多次提及一个故事：

"我很爱吃水果，出国时很喜欢到当地的水果店买我从来不曾吃过的水果。1980年我第一次到中国香港，便在铜锣湾买了一颗榴梿，回住所之后切开榴梿一看，榴梿的果肉无论味道、颜色，还是造型，我都无法接受，端详了老半天我还是不敢尝试吃吃看，于是便把它放进冰箱。一星期后我离开香港之前，从冰箱再取出榴梿，看了半天还是觉得无法接受，虽然花了五十块港币买的，但也只能将它丢进垃圾桶。十五年后，我到马来西亚吉隆坡为我所制作的《乌龙院》动画电影做宣传，临走的前一天，我看到有个马来西亚人在街道走廊卖榴梿，有人蹲在旁边吃榴梿。我也买了一颗，在摊位旁边站着吃榴梿，觉得榴梿真是天下最美味的水果，不愧为'水果之王'。在回程的飞机上，我还很懊悔，自己为什么不多买一颗吃过瘾？从两次买榴梿的经历来看，榴梿还是榴梿，不同的只是我十五年来的观念，非关榴梿。"

顿悟就是观念改变！因此通过观念的改变，才能使自己充满智慧，先有自己的想法，一心朝向既定的目标，做到极致，这才是成功实现梦想的不二法门。

改变一个人，得先改变他的思想、观念！我们要改变自己，得改变我们从前的老旧观念！从前的观念只适应于从前，适应未来要先扫除过去的观念。每个人都有能力改变自己，每个人都能重新打造出一个完全不同的"我"来适应未来！我们应该达到禅宗悟者们的境界：永远存在于此时、此地、当下、瞬间，也永远以当下的情境反应现在，而没有过去的那个"我"存在。

想成功，要先改变错误的观念！《孙子兵法》中说："胜兵先胜而后求战，败兵先战而后求胜。"孙正义将这句孙子名言高挂于公司大门口两侧，作为日本软件银行的厂训。

姜子牙也有相同讲法："知天者不怨天，知己者不怨人。先谋后事者昌，先事后谋者亡。"

运筹帷幄，决战于千里之外。

而现在我们所处的互联网时代，恰恰需要我们改变长久以来秉承着的观念。

譬如，我们可以感受到瞬息万变的未来，家世、文凭再也不能保证未来的日子可以过得一直平顺。除非我们有一项能力高人一等，每个人其实也都期望自己能够出类拔萃。

但努力、毅力都有其界限，没有好的方法成就自然有限，唯有观念改变，拥有全新视野和思维才可以开创出海阔天空的新局面。

但是，之前也提到，改变观念绝非一件易事，我们可以从生物遗传学家摩尔根的例子中得到一些启示。摩尔根为何会对孟德尔的理论来回变换态度？因为他相信实验，他相信实验是检验真理的唯一标准，改变他对某种理论的看法只需一个证明那理论的实验就足够了，但要改变他相信实验是检验真理的唯一标准的这个观念，或许需要上天出手才行。

我们可以看出，改变人的信念很难，但改变人对某件事的看法并不难。信念之所以难以改变，是因为信奉它的人一定有千锤百炼的思考，而这个思考大多数情况是来佐证这个信条的正确性的，从而使信念根深蒂固。

我们也可以举一个更加生动的例子来阐明它：

从前有100只兔子，生活于一片绿油油的草原，每只兔子几点起床都行，草原丰盛，每只兔子都吃得很肥。

兔子越繁殖越多，由100只变成1000只，草原没变大，1000只兔子必须每天清晨五点起床，吃到晚上七点才能勉强吃饱。

后来兔子繁殖为10000只，草都被啃光了，纵使一天24小时不睡觉，努力吃草也吃不饱。

这时，有一只聪明的兔子开始思考："无论我再怎么努力也吃不饱，应该怎么办？"

这只会思考的兔子突然改变观念，灵光乍现，想出一个方法：

"或许我应该改变饮食习惯,别再吃草,而改吃兔子。改变摄食对象,便由有9999个竞争者,变成有9999个可吃的兔子。"

它想通了这一点,便开始吃兔子,从此体形大增、体力变强,于是这只会思考的兔子就变成了专吃兔子的豺狼。

**一味努力是没有用的,而是要想出解决问题的方法。**

豺狼是由会思考的兔子变成的。豺狼专门吃兔子，兔子是给豺狼吃的。是豺狼还是兔子，取决于观念的改变。

比尔·盖茨是会思考的哈佛大学学生，因为比尔·盖茨知道，及早创办微软公司比哈佛大学的毕业证书重要。

乔布斯是通过了高考，但没到大学注册的大一学生，因为乔布斯知道，及早创办苹果公司比大学文凭重要。

兔子吃草，狼吃兔子。

谁是狼，谁是兔子，由自己决定。

人生就像是一个迷宫，所有人都被困在其中。大部分人每天都在不断地摸索着出口，然而，只有少部分人能像鸟一样飞起来俯瞰整个迷宫，找到最快走出的捷径。

一个人的智慧胜过飞禽，就可以捉得飞禽；胜过野兽，就可以猎得野兽；胜过别人，就可以使得别人信服。

读万卷书，不如行万里路。
行万里路，不如阅人无数。
阅人无数，不如高人点度。
高人点度，不如自己顿悟！

努力提升不了智慧，观念改变才是顿悟！

顿悟，就是视野、心态 180 度改变。

每个人都有颗能思考的大脑，每个人都有能力改变自己。努力读书只会增加知识，不会增加智慧。顿悟就是观念改变！因此，通过观念的改变，才能使自己充满智慧。

什么是开悟？
开悟，就是观念的改变！

人生有如两颗橘子，一颗大而酸，一颗小而甜。

开悟之前，拿到大的就抱怨橘子酸，拿到甜的就抱怨橘子小。

开悟之后，拿到酸的就感谢橘子大，拿到小的就感谢橘子甜。

观念变了，一切都变了。

观念错误的父母常像人格分裂一样，在外人面前夸赞自己的小孩有多棒，但在家里又奚落自己的小孩很笨。

改变一个人，得先改变他的思想、观念！我们要改变自己，得改变我们从前的老旧观念！从前的观念只适应从前，适应未来要先扫除过去的"观念"。

每个人都有能力改变自己，每个人都能打造出一个完全不同的"我"来适应未来！我们要达到禅宗悟者们的境界：永远存在于此时、此地、当下、瞬间，也永远以当下的情境反应现在，而没有过去的那个"我"存在。

每个人都是天才，只是自己不相信！
无论我们现在如何，只要我们心存改变，每一个人都有能力重新打造自己，使自己厉害十倍、百倍。

观念比努力更重要：

> 头脑是你最有用的资产，独特眼光比知识更重要。
> 观念决定一个人的前途，观念改变了思维的方式。
> 观念改变了做事的方法，观念改变了能力的高低。
> 观念改变了世界的面貌，观念改变了时空的大小。
> 观念改变了价值的判断，观念改变了选择的方向。
> 观念改变了世界的面貌，观念改变了生命的意义。

改变一个人，最有效的方法莫过于观念改变。

努力、毅力只是一时，观念改变才是一生一世。

## 思考得越早越好

明朝无异元来禅师说："人自出生以来，要疑：生从何来？死向何方？"

蔡志忠说："当我还是蛋的时候，我便开始思考了！我三岁半开始思考一生的大事，及早学会思考是人生中最重要的事。"

他三岁半时，为这个人生大问思考了整整一年：他是谁？他从哪里来？他要去哪里？

四岁半时，从父亲送给他的小黑板中，他找到了人生之路。他发现自己很喜爱画画，也画得很好！于是便立下志向：只要不饿死，他要一生一世永远画下去，一直画到老、画到死。

可是，那时并没有通过画画养活自己的职业，唯一最接近的就是画电影招牌。所以他四岁半时的伟大志愿就是：长大后要画电影招牌！

常常有人问他："你为什么要画画？"

他总是回答道："你为何不去问花为何要开？树为何要长？云为何要飘？水为何要流？时钟为何要走？"

因为花就是爱开，树就是爱长，云就是爱飘，水就是爱流，时钟就是爱走，他就是爱画画。

## 思考先于行动

一部300块人民币的电子计算器，由加减乘除到微积分，什么都会做，但它只是静静地躺在桌上，什么都没做，因为它不会思考！

我们并不是找不出答案，而是看不穿问题所在。如果解决不了一个问题，那么必定还有一个更简单的相关问题没有解决。应该先寻找前面的问题，而非让问题无法顺利解决。

无能者的心，总放在不可能实现的焦点上。成功者则是以具体行动，朝心中的梦想迈进。

如果我们只是空想，而不具备成熟的心智与周密行动，即使好运临头，也会像第一个得到摄政王钻石的那位印度奴隶一样，因福得祸，死得不明不白。摄政王钻石是一颗与欧洲皇室贵族关系密切、美丽、优质的钻石，三百多年来，经历了杰姆村德、英国商人皮特、阿本戴纳摄政王、拿破仑等人的几度转手和失窃等种种波折，这颗钻石现存卢浮宫阿波罗艺术品陈列馆。

1701年，摄政王钻石在印度戈尔康达的克里斯蒂纳河畔被在帕特尔钻石矿干活的印度奴隶发现,原重410克拉。这位奴隶为了偷偷把钻石带出矿山,忍痛割破自己的大腿,将钻石藏在皮肉中,然后缠上绑带,逃出了矿区。他很愚蠢地跟英国船长提出交换条件:帮助他逃离印度,他愿意跟船长分享钻石。船长表面上答应了这个要求,但在旅途中,船长偷走了钻石,并把他扔入大海中。

成功必须有一定的相对条件,这位印度奴隶虽然能成功从矿坑偷走钻石,但又无知地跟贪婪的英国船长谈条件,自寻死路是他必然的下场。愚昧无知原本值得同情,但不知道自己愚昧无知,想干聪明人的勾当,愚昧便成为人生中的致命缺点。让我们陷入困境的不是无知,而是看似正确的谬误论断。

1965年诺贝尔物理学奖得主理查德·费曼说:"每个小孩都会问妈妈,为什么风会吹?云会飘?水会流?彩虹有七种颜色?"

妈妈总是回答道:"这些问题等你长大上学之后,老师会回答你。"

小孩上学后问老师同样的问题,老师却回答道:"这些问题跟你长大后要做的事没关系。"

大多数的小孩听老师的话,不再问这些跟长大以后要做的事无关的问题,而是努力读书,做作业,应付考试。于是,他们长大之后就成为会计师、工程师、律师、总经理、政府官员。

但还有一些小孩没听老师的话，他们还是继续问自己："为什么风会吹？云会飘？水会流？彩虹有七种颜色？"

于是，他们长大后，就成为作家、画家、音乐家、物理学家。

每个人应及早点燃心中的黎明，使自己能像太阳一样发光！

我们常在电视上很惊讶地看到：一位妈妈炫耀自己的小孩会心算出某年某月某日是星期几。
电视记者提出几个日期，小孩也真的神奇地轻易算出正确答案。
凡事都怕我们思考，思考使真理现形，无处可逃。

稍微用大脑想一下，便可以看出端倪来：
如果二月二日是星期二，那么三月二日必然也是星期二。因为二月只有28天，刚好四个星期。知道二月二日是星期二，便会知道每个月二日是星期几：

二月二日是星期二；

三月二日是星期二；

四月二日是星期五；

五月二日是星期日；

六月二日是星期三；

七月二日是星期五；

八月二日是星期一；

九月二日是星期四；

十月二日是星期六；

十一月二日是星期二；

十二月二日是星期四。

由此，便可以发现2010年十二个月的星期密码分别是：400351362402。例如，2010年四月密码是3，四月份任何7的倍数的日期都是星期三。四月二十日便是3 + 20 − 21（7的倍数）= 2，四月二十日的答案是：星期二。

知道2010年的密码，便知道2010年前后几年的星期密码：

2007年：033614625035

2008年：145146140250

2009年：366240251361

2010年：400351362402

2011年：511462403513

2012年：623614625035

2013年：144025036146

2014年：255136140250

2015年：366240251361

2016年：401462403513

延伸思考，便可推算出最近两百年任何一天是星期几的计算公式：

由公元一年一月一日是星期一开始，我们分析出一个可以计算无限年的求任何一天是星期几的数学公式。由1901年到2101年，二百年，求任何一天是星期几的公式：

d 是由一月一日到生日那一天的总日数。例如，2月2日，d = 31 + 2 = 33。

y 是年份，i 是整数。

由公元元年到公元无穷年，求任何一天是星期几的计算公式：

（ps：分子求出的数，小数点以后的数不要，只要整数。）

老子曰："不出户知天下，不窥牖见天道，其出弥远，其知弥少，是以圣人不行而知，不见而明，不为而成。"

老子说不出门户，就能够知道天下的事理；不望窗外，就可以知晓自然规律。这么厉害是怎么做到的？靠的就是思考。

当初亨利·福特开发福特T型车时，希望价格能便宜到一部车只要几百美金，这样一般老百姓才买得起，如果能达到这种价格，市场便会很大。

他苦思如何提升生产率以降低成本，亨利·福特终于想出了以生产线作业方式装配车子，每15分钟便能组装好一部汽车，效率比同业高八倍。而他所想出来的生产线作业方式也成为食品、服饰等不同行业相继模仿的作业典范。

亨利·福特说："思考是世上最艰苦的工作，所以很少有人愿意从事它。你的头脑是你最有用的资产，但如果使用不当，它会是你最大的负债。"

成功人士说："最努力工作的人，最终绝不会富有。如果你想变富，需要的是思考，独立思考而不是盲从他人。"富人最大的一项资产就是他们的思考方式与别人不同。如果你做别人做的事，你最终只能拥有别人拥有的东西。

光努力就会有成就，那是一句善意的谎言。只努力是不会有成就的，要有方法，你要以思考为一切的前提，所有事情都先运筹帷幄。当大环境改变时，努力完全发挥不了作用，而是要思考，设法改变自己。更重要的是，在做一切事情之前，让思考先于行动。

## 思考的姿势

蔡老师经常思考，喜欢思考，知道姿势影响思考！什么是最好的思考姿势？他的经验是：

**躺着最不容易思考，躺着不如趴着，趴着不如坐着。坐着不如站着，站着不如走来走去。**

另外，蔡老师发现站得越高，思考能力越好，没有好想法时，他会站到桌上思考。

## 思考的时机

钓鱼的要领，不在钓竿、渔网或鱼饵，而在于池子里要有鱼。创意的要领在于大脑里有产生创意的机制。

使自己有钱，开源比节流重要。创意也需要开源，没有文化，想不出有深度的创意。创意与阅读数量成正比，广泛阅读各类书籍，在脑中储存大量知识资料，思考会如源源不断的水流。图书馆是沙漠中的清流涌泉，广泛的知识是创意的源泉。

思考需要宁静的处所和精心的孕育。《诫子书》中的短短几句话，已经道出了学习的真谛："非淡泊无以明志，非宁静无以致远。夫学须静也，才须学也，非学无以广才，非志无以成学。"其中就指出了"静"对学习和思考的重要性。静一方面是环境的安静，另一方面是内心的安静，也就是要学会独处。缺乏独处能力的人，归根结底还是缺乏思考的内在需求，当你有了思考的需求时，你也就会学着独处、享受独处了。所以，无论是思考，还是学习，先学会给自己创造独处的空间和时间吧！

如果从问题表面找不到思维的起点，那么最好的方法就是提出问题。问自己问题，就是从一团密实的线球中寻找思绪的线头。当一个问题无所得，再提出各种问题问自己。

每个人要了解自己的大脑，每个人的最佳思维时机都不同。为了解自己的最佳思维时机，蔡老师曾做了整整三年157周的工作记录：一天当中什么时候大脑最好，一年当中哪一段时间大脑最好，什么时候工作效率最高。

后来，蔡老师得出结论："一天当中清晨三点我的大脑最好，一年当中冬天我的大脑最好。如同冰原中饥饿的狼感觉最敏锐一样，一个人又冷又饿的时候大脑最好！"

于是蔡老师就养成每天天一黑就睡觉，凌晨一点钟起床，然后站在窗前边喝着咖啡边对着寂静的星空思考的习惯。这是他每天最快乐、最享受的时间。他从凌晨一点连续工作到下午两点，然后吃饭、睡午觉。天黑了就上床睡觉。

思维状态最好的时机是：肚子里空空、没有东西之时，断食第三天之时，孤寂独处之时，制心于一处之时。很早他就发现：原本是天才创意，好得不得了，但每当一吃饱饭，就立刻变得愚痴！

肚子空空时大脑最活跃，吃饱之后大脑空空什么都想不到。肚子饿着时比吃得饱饱的好。

于是他开始不吃早餐，至今已经四十几年不吃早餐了，就是要使自己愚痴的时间尽量减少。他代表中国台湾参加亚洲杯、世界杯桥牌的比赛，整整一个星期，他几乎都不吃饭，肚子饿了就喝咖啡。咖啡、咖啡、咖啡，最高纪录是一天喝15大杯。

当思考碰到绝境无路可走时，他会派另一个更厉害的蔡老师出来，就是断食。他有如北极冰原上一匹饥饿的狼，听觉超乎寻常的敏锐，眼睛雪亮。

他曾两次断食120小时，断食48小时后，五脏六腑难得有个假期，个个都高兴无比，身心通泰。第72小时到96小时，大脑处于最佳状态，这时无论问题有多难，大多能找到答案。

蔡老师建议，尽可能早睡，用深夜时间换凌晨时间，清晨时间金不换。时间是最公平的，每个人一天都是24小时。生命展现于生活的细节中，人一天工作8个小时，如能做到白天身心不疲，只需要睡4个小时，每天多4个小时工作，便比别人多了1/2的人生。

凌晨一点开始是思考、写作、读书的黄金时间。熬夜是最烂的时间安排。每天凌晨醒后，不可看手机、看书、说话，而要面对星空思考，思考这一生、最近、今天、现在应该完成什么目标，及早选择人生的那把刷子，精确定下人生的终极目标，便能成就非凡。

蔡老师每天凌晨1点钟起床，第一件事就是花15分钟，独自面对星空思考，并问自己四个问题：

1．我这辈子到这个世界上来到底是为了什么？

2．今年我要完成哪些目标？

3．近段时间主要做什么？

4．今天我要如何安排？

把问题想清楚之后，立刻将自己的精力全部聚集到手头的工作上，心无旁骛地开始一天的工作。就这样问了自己几十年。越问目标越清晰，越问精力越集中。

## 思维的净土

《思想者》是法国雕塑大师罗丹最重要的作品，据说是罗丹早上蹲马桶时想到的创意。

每个人都有一个思维能力最好的地方，每个人的思维之地不同，有的人思维最好之处是运动之处，有的人是在厕所蹲马桶之上，蔡老师的思维最好之地是浴缸。

每当想不出来时，他会把问题贴在浴室，泡在温水浴缸里，面对着思考主题边洗澡边思考。因此浴室墙面上贴满了二十几年来没想出来的问题和思考完成的答案。

很多人会忍不住问："为什么别人上厕所、洗澡、散步都能有灵感，而平常人想破头都想不出灵感呢？"

答案很简单：因为有些人一直在保持思考，包括睡前、喝咖啡时、路上、厕所中。而大多数人只有在需要灵感时才会思考，且不幸的是，通常此时大家思考的问题还是我为什么没灵感。

智者总像化外之人深居简出，因为孤独是思考的重要条件，环境孤独，大脑也必须孤独，不能有任何杂念。

仅仅有孤独还是不够的，在这种孤独的状态下，我们还要做些事情，才能事半功倍。我们的一切感受，都是附着于种种事物上的，必是与某些东西或事情相关联。

你如果剥离这层附着联系，回归内心体会，所有的感受就仅仅是一种抽象的感觉而已。心中并存的种种感受，就像团团烟雾一样，当这种联系切断了，这种依附没有了，所有攀缘止息了，那要做的事情，便是用心体味这孤独下的种种感受，并守住这种状态。

首先，闭关，禁语。要很长时间不能讲话，不能看跟思考主题不相关的文字，断食，在大脑里架构无线多条思维公路和资料仓库，以最广的视野看问题！

思考必须限制于单一的明确目标！不让其他杂念进来，只思考一个主题。思考的秘诀是及早建立自己的各种思考路径。能由一个问题，找出无限多个思路的线头。利用整个大脑，而不是只利用一小部分思考。

同一件事物，可以从不同方面来考虑。由外往里想，由内往外想，由过去往未来想，由单一往全面想。

## 独立思考

不同于学习，高效思考的培养需要更长的时间，因此对思考高效的探讨就显得非常重要，而且高效的思考并不单纯指可以更快速地得到思考的结果，更多的是指对我们有更多的成长，可以对思考整体有更大的促进。

思考是一个持续的过程。

《圣经》中说，当初，神允许人吃尽伊甸园中的任何蔬果，唯独神的那棵树上的果实不能吃。因为人吃了神的果子，眼睛就睁开了，知识就觉醒了，智慧就觉醒了，光明就觉醒了。

由此，人便能辨明是非、善恶、真假。但人也将因为有了分别心而远离天堂。三百多年前，英国的牛顿善于思考。于是，他发现了万有引力、牛顿力学、光学理论、微积分等宇宙真理。

思考是进入真理之钥。如果我们看到的蛋，一直都只是蛋；看到的虫，一直都只是虫；看到的蝴蝶，一直都只是蝴蝶，我们就不可能知道，他们三者是一样的东西。

如果我们看到蝴蝶永远是蝴蝶，那么我们便不会知道蝴蝶、虫、蛋的过去、现在、未来。

研究宇宙，如同我们看到蝴蝶，要凭空想象蝴蝶是什么，它从哪里来，它要去哪里。

就像我们早已看到答案，但不知道问题是什么一样。我们从来都知道：问题比答案重要。但有谁能告诉我们，问题是什么？

两千多年前，中国哲学家庄子说："筌者所以在鱼，得鱼而忘筌；蹄者所以在兔，得兔而忘蹄；言者所以在意，得意而忘言。"

当我们阅读一篇论文时，直接透过文字揣摩作者的意图，而不是去读文字本身。这个方法很容易发现作者思维上的错误，而不会使我们追随他的思路，跟他一起迷路。

一个人要在什么时候开始训练自我思考？思考的秘诀是：及早建立自己的各种思考路径。能由一个问题，找出无限多条思路的线头。

以最广的视野看问题！不让其他杂念进来，只思考一个主题。思考必须限制于单一的明确目标！利用整个大脑，而不是只利用一小部分进行思考。

同一件事物，可以从不同方面来考虑。由外往里想，由内往外想，由过去往未来想，由单一往全面想。思考使人专心，专心是一种不寻常的能力。

想象是不专心的活动的一种……当我们一对它专心，想象就停止下来。专心的作用有如光明，而想象就像一种只能在黑暗中进行的活动。

不要使自己的大脑成为别人观念的储物间。当自己还是个空杯时就要开始自我思考，等到心智成熟、学成一切时，就难有自我思考的空间，因为大脑早已塞满别人的观念。

以最广的视野看问题。例如，思考宇宙、物理时，先想："如果有上帝，上帝的物理手册会怎么写？上帝的数学公式会以什么方式呈现才适用于全宇宙？"

欲求真理，最重要的途径是养成理性思维方式与独立思考的习惯。以柏拉图为友，以亚里士多德为友，更要以真理为友。

哈佛大学以培养学生的理性思维和独立思考的习惯为目标，培养学生独立思考的习惯才是教育的重点，也是各级学校所应奉行的目标。

例如，蔡老师三十六岁到日本想再度从事漫画时选择画什么。一般想法是：要画什么主题。他的想法则相反：宇宙中有什么主题不能画漫画！

由于观念的突破，后来他选择以庄子、老子、孔子为题材，画"漫画诸子百家"系列。

思维是一种角度，由1开始思考只能展开到30，或128，或300。由整体逆向思考回去，便可以无所不能。

思考的形式有很多，思考的路径也会有很多条，但是无论思考的变化多么复杂，都无法逃脱大脑的思考原点。这个理论就像一条射线一样，无论这个射线有多长，都是一个点所衍生出来的，并不断地增长放大才得到现在的状态。所有的思考的本质，都是大脑的一个点的衍生品。

所以，如果想让思考更有价值或者有意义，我们不仅需要让自己的大脑不断地产生线索，我们也需要借助工具，将思考线索形象化、具体化。

如果没有办法将思考路径记录下来，大脑原点的思考也是没有意义的。没有意义的根本原因是都是一个个的思考孤岛，无法将一个个的思考点进行汇聚，形成思考的线条。

为什么说思考要遵循点、线、面和体呢？因为这些点、线、面和体是构建我们的思考框架，也是构建我们的决策框架的基础元素。

思考犹如置身于美得不敢发出赞叹声的仙境里，生怕一丝轻微声响便破坏了眼前的美景，一曲天籁悠然如诗般地响起，扑通一声，有如青蛙跳入古池，思想像湖面的涟漪扩张展开，由已知通向未知的领域。这时慧眼突然开启，视力提升百倍，眼睛能看穿原本参不破的自然之秘！

思考为一切之先，及早学会读书、写字，可以引发深层思考。

如果说和思考有关的事物中什么是最重要的，那么肯定不是思考方法，而是思考的意识和行动。也就是你对整个生命中的事物有一种主动性思考的意识，并能够形成有价值的问题和思考目标，并针对它们进行深入、系统、持续的思考。

## 人如果没了问题，人生便会有问题

如果有人问蔡老师："研究物理最重要的是什么？"

他定会回答说："问问题！问自己问题！没有问题便无从思考，也没有答案。重点不在于答案，而在于有关键的问题。"

没有问题便没有答案，人天性好问问题，这也正是人类科学发展的原动力。

思考的第一步是向自己提问。提问的过程，其实就是面对问题—提出问题—找到原因（答案）—解决问题的过程，就是思考的过程。

在提问的这个过程中，不要仅仅停留在大脑，要实际写下来，让思考可视化。

如何思考问题？首先要有好的问题！问题比答案重要。问自己问题！想不出来时，要改变问句！思考一个问题，首先要紧盯问题的关键，先去剖析问题，而不是着急去找答案。重点不在于答案，重点在于问题。没有问题便不会有答案！思考陷入困境的人，通常并不是他们看不出答案，而是他们看不出问题。

提出问题通常比解决问题还要重要，解决问题是程序化的科学，而形成问题则需要有创造性的想象力。

思是思考，维是维线。思维，即思想的维线！没有能力思考的人，最大的问题是：找不到思绪的线头。

如何发现思绪的线头？

如果从问题表面找不到思维的起点，最好的方法就是提出问题。问自己问题，就是从一团密实的线球中寻找出思绪的线头。当一个问题无所得，再创造各种问题问自己。

当我们已经充分了解了问题所在，接下来应如何进行思考？把问题切割成几个较小而简单的问题，但仍保有原先大的问题的本质精髓，然后一项一项解决。像吃大饼一样，一口一口吃完它。

脑指挥手，犹如上司指挥下属。动脑思考是乐事，动手则是苦力的工作。思考是人生中最棒的享受，没养成思考习惯的人，便失去了人生中重要的乐趣。

有没有天才思考的秘籍？

有三个法则：

1. 从混乱中找出简单。

2. 从不调和中找出调和的韵律。

3. 从困难中找出机会。

## 逆向思维

第一次世界大战于1918年结束，造成2600多万人伤亡。二十一年后，1939年，紧接着又发生了第二次世界大战，死伤更加惨烈，约7000万人死亡，约1.3亿人受伤。

第二次世界大战结束后，世界各国一致认为，如果不赶快成立一个能处理世界各国争端的组织联合国，很可能会马上发生第三次世界大战。

各国都认为联合国总部应该设在伦敦、巴黎或纽约等繁华都市，可是这些城市土地都很贵，刚成立的联合国资金很有限，各国领袖为此伤透脑筋。

洛克菲勒知道这件事之后，立刻宣布愿意将纽约价值约870万美元的土地无条件地捐让给联合国。

人们不明白洛克菲勒为何要这么做，花这么多钱买地捐给联合国，洛克菲勒会得到什么好处？人们并不知道，他买地捐给联合国时，也同时买下了与这块土地毗连的土地。当联合国大楼兴建起来之后，四周地价飙升了 10 倍。洛克菲勒是捐了约 870 万美元的土地没错，但他却因此赚了约 8700 万美元。

洛克菲勒是犹太人，犹太人深谙分享的赚钱哲学——给人家好处，就是给自己最大的利益。有钱大家赚，让你先赚一点，我赚得更多。

闭关研究宇宙物理之前，蔡志忠想了一件事：

西方物理已经发展两千多年了，自哥白尼、伽利略、开普勒、牛顿以来，有无数的科学家耗尽一生投入物理研究。
而这些专业科学家都未能发现的物理法则，凭什么会让非物理专业的蔡志忠发现呢？

后来蔡志忠想明白了：
拥有不同的思维方式和不同的观点，便能找到一条别人从来没有走过的道路。人生也是如此，我们能出类拔萃，不只是比别人努力而已。
能鹤立鸡群是因为我们有与众不同的思维方式和不同的观点！

举一个有趣的例子：

有一次蔡老师给我展示他的物理文件夹，向我介绍近些天里他正在研究的公式汇总。翻阅之余，我偶然翻到数张不同种类的迷宫，便饶有兴趣地开始破解起来。我就从终点开始进入，倒着走，一分钟恰好从起点走出迷宫。因为人在设计迷宫时往往会有一样的思维模式，就是岔路往往在一个朝向。也许正常情况下，我们会面对这种情形：从左边进入后，面对四条同一朝向的岔路，就陷入了选择困难中；但如果倒着走迷宫，从下面的某条岔路走上去，看到三条向下的通路和一条向左的通路，则很容易猜到向左的通路才是正确的方向。

当大家都朝着一个固定的思维方向思考问题时，而你却独自朝相反的方向思索，这样的思维方式就叫逆向思维。人们习惯于沿着事物发展的正方向去思考问题，并寻求解决办法。其实，对于某些问题，尤其是一些特殊问题，从结论往回推，倒过来思考，从求解回到已知条件，反过去想，或许会使问题简单化。

蔡老师喜欢凡事都"倒着思考"，也就是先考虑终极目标，然后倒推每一步该怎么做。努力没有用，要靠方法，他最厉害的是逆向思维。

# 第九章
## 我的人生我做主

## 人生如同盖一栋大楼

建构自己的人生如同盖一栋大楼！

人生中无论是办一场演讲，设计一个室内装潢，还是写一本书或规划自己的人生，都跟盖一栋大楼一样。

首先要有宽敞的广场，响亮的大楼名称，气派的进门大厅，不同功能的楼层，每个窗口视野漂亮，顶楼要有个梦幻般的理想。

规划自己的人生也应该如此。每个人应当在开始之前，便先规划好人生蓝图。然后逐一将自己的人生大楼一层一层地盖出来。

## 以终为始，创造命运

想象一下，你现在要盖一栋大楼，你会怎么开始？

如果跟你的工人说："跟我来，先开始再说！"

工人会说："到底让我干什么，说清楚。"

所以，盖大楼之前一定要先画好图纸。一切都计划完成之后，才可以正式开工。

这就是以终为始。

也就是说，做一件事情之前，你心里一定要有那个"终"，这样你才知道应该怎么"始"。

以终为始，以终点为目标，由零开始展开！目的才是重点，由目的地逆向思考，由现在逐步完成。用此方式完成梦想，便能不偏不倚，达到最高效率，实现最高质量，成为最厉害的自己。

努力，不一定会得到最好的结果，所以要倒过来，一定要先想你要达成什么目的，然后想需要什么条件，设计一条路去达成这个目的。

佛陀说："通往彼岸与通往红尘是相同的一条路，只是方向不同。"

错误之所以一再发生，正是因为"平凡人要做不平凡事"。

1987年，蔡志忠出版的"漫画诸子百家"系列大受欢迎，有一位广告片导演朋友来找他，告诉他道："我曾画过几年电影故事版，漫画技巧够水平。我想改行画漫画。"

他问朋友："你的漫画内容含有尼古丁、海洛因吗？"

朋友说："漫画跟尼古丁、海洛因有什么关系？"

他说："抽烟者买烟是为了尼古丁，吸毒者买毒品是为了海洛因，'漫画诸子百家'系列受欢迎的主要原因是国人想了解国学，外国人想知道东方思想，而不是漫画本身。"

朋友终于懂了，说："就像我拍商业广告片是为了替厂商卖掉商品，而不是努力把广告片拍得很唯美？"

蔡志忠说："是啊！行动是为了达成目的，要先想通目的是什么，而不是努力行动。"

每个人都很努力，但一个人努力跟别人有什么关系？

豺狼不是努力，而是依计划行动达成目标。

要达成一个目标，由自我出发的努力是没有用的，而是要由目标倒回来行动。

想画漫画，要先预想读者为何要看？为何要买你所出版的漫画？

就像商业广告影片，不是要拍得唯美，而是要替厂商卖掉商品。

行动之前，要先知道终极目标到底是什么，如何达成目标。

有如参加 100 米短跑，要由终点线倒回 100 米，从起跑点思考，如何达成第一个冲过终点线的目标。

生活中我们常要达成小目标，没有不如愿的。例如，搭飞机，大部分乘客都能如愿准时搭上班机。

搭中午 12 点的班机出国，由出发点到机场车程一个小时，我们知道上午 11 点非抵达机场不可，所以 10 点之前就会坐在车上，发动汽车奔向机场。上高速公路后，绝不会突然兴致来潮，到休息站吃午饭。

我们习惯"以始为终"，在不确定具体步骤的情况下盲目蛮干，想达成什么先从我要努力开始，再被动地接受努力的结果，然而所达到的结果往往不如预期。

对于蔡老师的人生，他每一步都计划好了，他已经考虑了临死那天做什么，在临死前一个礼拜，他要办一个派对，然后往前推，这样一辈子每一步需要做什么就想清楚了。如果你想努力成为一名举世闻名的漫画家，这样成功的概率不到百分之一。但以终为始，可以让你的愿望达成。

以终为始是由想达成什么具体结果思索回来，于是便很清楚地知道自己需要拥有什么条件，应该如何做，如何达成。以终为始所得到的最后结果往往令人惊喜！

### 要么不做，要做就做第一

学生对夏克尔说："我会弹三弦琴，作曲，下棋，射箭，骑大象。"
夏克尔说："嗯，的确多才多艺。但多才多艺等于一无是处。"
学生说："为什么老师会这样认为？"
夏克尔对学生说："学习一项技能，要设法使自己成为世界第一。什么都学，什么都会，表示什么都不精。"

**样样都行的人，绝不会是顶尖高手。**
**多才多艺等于一无是处，没有一样行。**

蔡志忠强调：不要多才多艺，要成为专业人士。

六门科目都考 99，只能当别人的幕僚。

要有一科领先全世界，才能出类拔萃！

明确的目标就好像弓箭需要靶，射箭，需要一个靶子固定目标。

凡事最重要的是结局，结局好，一切都好。

蔡志忠说，如果一个人天天到赌城赌钱，有时输有时赢，那么他只是个有赌瘾的赌棍；如果一个人每天到赌城赌德州扑克，每赌必赢，每天都赢得一大笔钱，那么他是去职场工作赚钱的。

他说："我很喜欢打桥牌，到目前为止共赢得 125 个大大小小的冠亚军奖杯。为什么桥牌能带给我很大的乐趣？因为我的桥技不错经常赢！如果老是在牌桌上被修理，还有什么乐趣可言？"

在激烈的竞争中多付出一点，便可多赢一点。就像参加奥运会一样，你看一、二、三名，跑第一的胜出第二名、第三名，就是快了那么一点点。所以快一点就是赢。

美国石油大王洛克菲勒说："对我来说，第二名跟最后一名没有什么两样。"

一般人常误以为第一名100分,第二名99分,其实第二名只有不到5分!洛克菲勒说得没错,第二名跟最后一名没有两样。第一名享有一切机会,第二名只能捡漏。

例如,东晋的王公大臣们需要写书法,必然会找书法第一的王羲之,除非王羲之不肯写,才有机会轮到排名第二、第三的书法名家。一千多年后,又有谁知道当初王羲之时代谁是排名第二、第三的书法名家?

下面这个故事,蔡老师也提过多次:

1992年夏天,他在温哥华参加一个桥牌大赛,比赛完毕,大家靠着吧台喝啤酒等最后颁奖。由于他是前一个杯赛冠军,有位加拿大桥友问他:"你赢得冠军了吗?"

他说:"我是第二名。"

那位加拿大桥友听后哼了一声,不屑地拿着啤酒离开吧台,不再理会他。

他事后回忆说自己的确有点"阿Q精神",标准回答应该是:

"不，我输了这场比赛。"

高尔夫名将泰格·伍兹说："第一名才是胜利者，第二名是头号输家。被第一名踩在脚下的人叫作第二名。"

没取得冠军，还要跟别人说自己是第二名，在西方人眼中是自我安慰。

他的父亲从小教导他道："热爱自己的工作，要做就要当第一！"

那么，若我们想成为第一，应该怎样领先别人呢?

成为第一的首要关键是：做事必须要有效率，没有效率就没有数量，没有数量便没有规模。

第二个关键是：起步时先领先一点点，便能一飞冲天领先千里。

领先的秘密在于开始行动！机会像一根绳子，众人抢着抓绳子向上攀爬，第三名拉着第二名的腰，第二名拉着第一名的裤角，大家挤成一团。这时只要第一名能领先第二名一点点，让他够不到裤角，便能顺利往上爬，回首看着落后者们还在半途中互相拉扯，先领先一点点的第一名便一飞冲天，顺利抵达终点。

卡耐基的炼钢厂使纽约曼哈顿垂直发展，1930年，美国经济刚从大萧条中复苏，华尔街的财阀们热衷于建设世界最高的摩天大楼，曼哈顿银行大厦与克莱斯勒大厦都于1930年相继完成。曼哈顿银行大厦只花了十一个月便建造完成，并公开宣称自己的大厦是全世界最高的建筑。正在建造的克莱斯勒大厦建造速度也非常快，只历时十三个月便完成，平均每个星期盖四层楼，兴建过程中没有任何工程意外发生。克莱斯勒大厦为争取成为世界最高的建筑物，另外取得了38米高的尖顶建筑执照，并在大楼内部秘密建造了七层同心弧形斜面相叠的拱顶。尖顶被分为四段运至施工现场，依序装设，整个吊装过程在90分钟以内完成。高度超越曼哈顿银行大厦，成为世界第一高楼。

1931年5月1日，帝国大厦正式落成，由1931到1972年，帝国大厦一直是世界最高的建筑，是保持世界最高建筑地位最久的摩天大楼。

曼哈顿银行大厦高282.5米，耗时334天。
克莱斯勒大厦高365.8米，耗时395天。
帝国大厦高381米，耗时410天。

1930年至1931年两年间，三栋世界第一高楼相继在最短的时间内完成，在八十五年前重型工具尚未完善之时盖摩天大楼，工程效率绝对堪称世界第一。效率与获利成正比，效率越高获利越大。

赢取冠军，必须要有效率。

任何领域都可以达到艺术境界，只看你专业到什么程度。及早使自己有一技之长，达到该领域的艺术境界，即使是打电玩也要成为厉害的高手。如果你打得一般般，那是在玩！如果你成为世界第一，那便是你扬名立万闯天下的饭碗。多才多艺等于一无是处，没有一样行。成为专业人士依靠的不是学习，而是狂热到无法自拔的兴趣。

大多数人不知道自己要什么，只怕取得太少而遗落了什么，因此什么都想要。

真正知道自己要什么的人则刚好相反，纵算弱水三千，只取孤瓢一饮。他们只盯住自己早已选定的目标，而舍弃其他的。

## 以己之长，闯荡江湖

人要敢于尝试新事物，了解自己的极限，随时自我挑战，对任何命题进行探底。

蔡老师举例说："很多人在家一条龙，出外一条虫。就像很多桥牌选手，没上场时讲了一首好牌，临阵派他上场，牌打得一塌糊涂。厉害角色永远在该厉害时完全展现实力，那是因为他的内心自信十足！为什么真正的高手能这么厉害？因为他非常了解自己的实力！如何了解自己的实力？就是平常要探底，了解自己各方面的实力底线。"

他曾做过无数次速率极限实验，例如：
一天能完成多少天的连载四格幽默漫画——45 天。
完成一张 23 平方厘米的水墨画最快有多快——两分半钟。
坐下来一次能画几张 23 平方厘米的水墨画——34 张。
一年可以画多少张尺寸不同的水墨画——2450 张。
一年可以写多少本书——29 本。

## 创意与想象力

乖孩子听老师的话，没有自己的想法。因此使自己的大脑成为别人观念的垃圾桶。

要有与众不同的观念。

当自己还是个空杯时，就要开始自我思考，发挥创意。等到心智成熟学成一切时，就没有自我创意的空间了，因为大脑早已塞满别人的观念。

开创前人所未能达到的领域，拓荒有成，才堪称这门学问的大师。

想象力才能使知识有所创新,增加知识巨人的肩膀高度。

爱因斯坦说:"想象力比知识重要!"

拿破仑说:"想象支配着整个世界。"

蔡志忠说:"想象才是人生的血肉,没有想象,人生只不过是一堆白骨。"

想象将来成为什么?

想象自己成为软件工程师。

想象自己如何写出厉害的计算机程序。

想象自己在海岛、海滩度假。

想象自己住在风景宜人的别墅中。

想象死前那天需要完成什么目标。

想象如何使世界变得更好。

想象……

是内心那股强烈的想象与渴望驱使我们完成梦想。

没有人生蓝图,便没有梦想,没有未来。
没有终极目标,便没有渴望,没有朝前驱使的动力。
如同旅行之前先定好目标一样,起步之前先规划好人生蓝图,才不会虚度此生。

## 战胜自己需要一辈子

耳朵听得到叫作"聪",眼睛看得到叫作"明"。

聪明,就是能听到该听到的,能看到该看到的。但如果先入为主,过度主观,即便摆在眼前也会看不到真实。

1932年初,著名物理学家居里夫人的先生约里奥·居里在实验时发现了一种不带电的中性射线,它的穿透力极强。根据当时科学发现的已知结果,穿透力最强而又不带电的中性射线,只有伽马射线。

因此,约里奥·居里认为它就是伽马射线。接着,他又发现这种射线的能量比已知的伽马射线高8倍。这种情况说明,有存在一种新射线的可能性。

这时,他只要继续实验下去,很可能发现这是一种新的粒子。

但他把这种射线解释为伽马射线,并将实验结果和自己的解释发表于法兰西科学院的《研究简报》。

剑桥大学卡文迪许实验室的查德威克阅读报告后,重复了约里奥·居里的实验,结果一样出现了奇怪射线。

但查德威克没有囿于人们已知的观念,而是大胆假设并进行了一系列的实验,终于证明这种不带电的中性粒子不是伽马射线,而是中子。他也因此获得1935年诺贝尔物理学奖。

由于约里奥·居里要命的主观观念,错过了一个近在咫尺的伟大发现,因而失去了发现中子和获得诺贝尔物理学奖的机会。这件事令约里奥·居里终生懊悔不已。

还好,约里奥·居里早在查德威克得奖的三十二年前,已经跟自己的太太玛丽·居里和贝克勒尔由于对放射性的研究而共同获得1903年诺贝尔物理学奖了。

我们可能超越不了对手,但永远可以超越自己。忘却自我,便没有不能超越的障碍,无我才能抵达目标。

命运无法扼住我们的咽喉,因为创造自己命运的,永远只有自己。

## 机会永远留给早已准备好的人!

　　蔡老师二十三岁时,花了三个月时间,将迪士尼的影片一格一格描绘出来,还原为当初迪士尼桌上的稿子。
　　从一个不会动画原理的人,到成为中国台湾动画画得最好的人,之后他完成了三部四分钟的电视连续剧片头。

　　他又立志成为动画导演,自己创作了十几个动画电影剧本、动画故事版人物造型。

　　1982年为国际儿童年,日本东京映画动画公司接受联合国的委托拍36部世界各国童话故事动画片。东京映画的高层到中国台湾寻找能画中国童话故事中的"杜子春"的人才,他们看了蔡老师极具中国特色的人物造型与电视连续剧片头之后,很高兴地将"杜子春"交给他创作。

　　机遇就是这样:没有人能知道,当初我们推开的一扇门的背后,是崎岖还是坦途,会遇上怎样的人,过着怎样的生活。选择没有好坏之分,唯一能做的就是自己理智权衡,选择之后,不后悔,不回头。没必要绞尽脑汁地计算决定的得失。因为,你只能做出目前情况下的看似最优的决定。要勇敢面对选择的结果,承担已经推开的这扇门后的人生。

# 第十章
# 学习宝典

# 38 条学习箴言

1. 找到最喜欢、最拿手的事物，用一生把它做到极致，无论做什么没有不成功的！

2. 忠就是：做自己做到止于至善。

3. 保持纯净的自己，把自己的心当作镜子去照别人，便能发现别人的心术。

4. 人是社会性动物，一个人跟别人相处不好，成就一定不大。

5. 找到智慧之前，得找到快乐。找到快乐之前，得找到自己。

6. 你快乐吗？我们在不知道自己能成为什么之前，不可能有真正的快乐。

7. 智慧的觉悟者产生于寂静的彼岸，处于喜悦、平静、安详的快乐之中。

8. 人生是一本自己写的书，有的人文采华丽，内容毫无新意；有的人写得平实，但一生精彩离奇。

9. 人生之书的第一页：学会爱自己。最后一页：我走完自己所选择的路。

10. 如果你一生都是依自己的意愿，能如愿地活出自己，便能大笑着死。

11. 时间是最公平的，每个人一天都是24小时。

12. 尽可能早睡，用深夜时间换凌晨时间。清晨时间金不换。

13. 每天凌晨醒后，不可看手机、看书、说话，而要面对星空思考。

14. 及早选择人生的那把刷子，精确定下人生的终极目标，便能成就非凡。

15. 别喜形于色，维持身心平静，没有情绪才是最高修行。

16. 说话的三步骤：出人意表的开场、货真价实的重点与漂亮的结尾。

17. 该说时能说会说，是高明。不该说时不说，是聪明。知道何时该说，何时不该说，是智慧。

18．学习的要领：自发性学习与有自我学习的能力。

19．早教是培养天才的唯一方法。

20．太多的重点，就等于没重点，书要选择对自己有用的来读。

21．学会画画，用画面思考、图像记忆，效率增高3倍。

22．自主性选择一门自己感兴趣的学问，主动学习。

23．花一大段时间，完全读通一门学问。

24．阅读时要有自己的想法：随时做笔记，画插画，做结论。

25．总结自己对该门学问的心得，建立自己的语言，不掉书袋、引经据典、搬学问。

26．得鱼忘筌，得兔忘蹄，得意忘言——不要阅读文字，而是通过阅读了解作者的心意。

27．为学日益，为道日损。学习是为了减少，将缺点减到最少。

28．学习有三个过程：一开始不知道自己要什么而广泛学习；自知要什么，为达成专业而学；自知不要什么，舍去错误的见解。于是自己已经由学的阶段，进入道的境界。

29．读书是回报率最高的投资，投资自己——花时间阅读。读3万本书。

30．如果你吃下全部的信息，你只会吃坏肚子，唯有经过选择的吃食，才会成为你的智慧。

31．问题比答案重要。

32．思考为一切之先，及早学会读书、写字，可以引发深层思考。

33．当我们还是蛋的时候，便要开始思考。

34．先思而后行——运筹帷幄，决胜于千里之外。

35．思维的时间长度正比于效率与成就的大小。

36．思考的姿势：趴着比躺着好，坐着比趴着好，站着比坐着好，走动比坐着好。

37．大脑是用来思考而不是用来记忆的，准备好笔记本，随时记下大脑思考的智慧结晶。

38．每天花 10 分钟思考：最近要完成什么？今天要完成什么？现在要完成什么？

## 蔡式成功秘籍

手脑同等学力，
能力与梦想期望相等。
手脑同步派对，思考与行动无时间差。

纯洁的心，不以他人为榜样！

建构自己的观念，

强化自己的哲学，

以图像建构终极梦境。

求知若渴，终身阅读：智慧无所不在。

随时自我挑战，成为最好的自己。

坚持信仰，由衷地相信"心想事成"！

将梦想转为目标，能力与意志一致！

坚决实践梦想！

一心一意，心神合一进入焦点。

心永远聚焦于目标，酝酿爆发点，引爆动能！

唯有一心，前景、背景完全失焦。

进入不累、不困、不病、不死之境。

## 蔡志忠的修身之道

蔡老师以丰富生动的灵感，精辟而晓畅的漫画方式，深入浅出地阐释出善为道者所追求的。蔡老师认为，善为道者，是"微妙玄通，深不可识"的，他们幽微精妙，玄奥通达，渊深蕴藏，不是常人所能认知、所能想象的。因此，蔡老师运用通俗易懂的方式，记录下古代真人的言行举止，从形象、性格、气质等到其内心世界、心灵的深处，以至于心身合道。

他好似宾客，容貌俨然，矜重庄敬，没有丝毫的放纵，没有片刻的懈怠，没有刹那的走神，志意若一，持道修身也该如此。

他好似正在融化的冰，在阳光的照射下，层层消融；好似未经雕琢的原木，那样纯真朴实，归于自然的本性，朴素的品格。

他好似山谷，容纳溪流，无论清与浊，"善者，善之，不善者，亦善之"。他好似流水，绝不以道自炫，以功自居，绝不吹嘘自己。

人性本是朴素的、自然的，并不受任何道德观念的制约，甚至也不知道仁、义、理、智等道德规范是什么，却又是最道德的。自然的道德要高于人为的道德，而蔡老师的作品里无不体现此种自然的道德，以及对人类纯真朴素的自然天性的挚爱。他尊重自然，体现自然，向朴素的自然之性复归，取舍之间，这是蔡老师赠给我们的修身做人的智慧。

修身之道，说到底乃是修心之道，使心达到或是处于自然的状态，是修身之道的关键。蔡老师阐明心的理想状态是快乐地投入到你喜欢的事情中！

我们当吸收蔡老师的智慧，无所障碍，敦厚淳朴，不受污染，不假雕琢，虚怀若谷，宽容万物，超凡脱俗。蔡老师利用画笔演绎的诸子百家、古代先贤，为我们指明了一条能让生命宽大而充盈、玄静而独立的路径，这是我们的修身之路。

## 我与蔡志忠

蔡老师会以不同的方式来教导我，他会批评我、冷落我、抬举我、宠爱我、放任我。蔡老师像烈焰，太近会被烧灼，太远又感觉到寒冷，要保持中庸之道很重要。这也许是蔡老师的有为，令我进入无为，去认识自己。

身为弟子，我也时常表达自己，然而却总是不尽如人意，蔡老师对我的观念置之不理，我只能乖乖地降服自心。我发现我十分渴望见到我的蔡老师，乃至于提及蔡老师时心中那份喜悦难以言喻。有时见到蔡老师我又会有些紧张，就像一面镜子，他散发出来的那种清净、智慧，让我照出了自己的功课。这样来来回回的磨炼，我才能在内心建立对蔡老师的完全的信任，这时我便能够体会到一种传承性的沟通。

当我静静地回忆起蔡老师的时候，他的一言一行、一举一动，那既清净又不失活泼的心灵、长者般的庄肃，时时刻刻散发着自然的魅力，那是庄子般的魅力，甚至有一点狄俄尼索斯般的魅力。

蔡老师就像一块吸铁石，我一看到他便被牢牢地吸引，无法逃离。跟他学习，我内在与他同样的特质被逐步激发出来，我已经看到了未来的自己！

渐渐地，我发现，蔡老师教给我的越来越多，而这些都源自师徒间心心相印的传授，无须言语。

我在蔡老师面前从未隐瞒过我自己，无论我有怎样的缺陷，因为人从来都不是完美的！

认识蔡老师，就是我自我教育的过程。一个人开始了解智者、欣赏智者，他是在调整自己、发现自己。我认识了一位智慧的、高尚的、真诚的人，自然会和自己做类比。如此一来，如梦初醒，这个初醒的过程，不就是自我教育的过程吗？

所谓成长，是指发自内心的成长。一切外力，都是为自我觉醒服务的。自己不成长，外在教育有什么用？

蔡老师过着简单的生活，终生素朴守常。尽情融入当下，无所欠缺。他的座右铭是：多一事不如少一事，一动不如一静。

每当有人问他："你已经很成功了，为何还要做这么多事？"

他总是回答道:"我不想死后面对诸神问我:'我给你这么多才能,就是为了让你完成使命,你为何什么都没做?'"

他一生要出版500本漫画:"中国思想"系列、"佛经"系列,等等。他也花了十八年,耗尽所有的积蓄收藏了3520尊中国镏金铜佛像。

有个朋友曾对他说:"让你从小就有画漫画的才华,其实就是天地要你用漫画来推广中国思想的。"

又有一位数学教授对他说:"让你很早就开始画漫画并赚得很多稿酬,就是上天要你来执行将二十世纪九十年代流落海外的中国铜佛像收集起来的任务。"

他回顾自己的大半生说,或许他们说得真的没有错,人存于世,要完成自己的任务。

### 人来这辈子,到底为了什么?

活了大半辈子,蔡老师得到的结论是:生命是用来完成梦想的。

我们有幸能来此一辈子,不是为了赚取人民币的。

不要低估了自己的一生，人生是自我实现，完成自己的梦想。

无论我们在世时地位有多高，赚得多少财富，都比不上依个人所爱走自己的路，活出自己，完成梦想。

成功抵达目标的方法是：选择单一的人生焦点，然后死命朝目的地前进，用行动将人生的目标具体落实，完成自己的梦想。

蔡老师三十六岁时，正逢《皇冠》杂志创刊三十周年，《皇冠》主编请每位作家写一篇小短文。

蔡老师写了一篇名为《十年人生感想》的短文：

我过去花了十年赚得一千万元，我常想还给上苍这一千万元，换回我的青春十年，当然我办不到！但从此我一定办到不再以任何十年或一年或一天去换取一千万元。

用时间换钱，到头来一定是个亏本生意。因为我们无法在临死之前，用一千万换回多活十年或一年或一天。

一沙一世界，一花一天堂，握无穷于掌心，窥永恒于一瞬。我们从一粒沙，可以看到亿万颗无穷小的原子聚为球体。从一朵花，可以看到生命绽放美丽一生的过程。我们伫立于此时、此刻、此地，能将无穷大的宇宙的真理掌握于手心，是因为我们能通过刹那现象，看穿永恒变化过程的秘密。

蔡老师不仅仅是一个名字,更代表着一种生活方式,是一种号召,越来越多的人经由他认识到了中国古典的美。他给我们带来了丰富的精神食粮。他教会了我们逆向思考、独立思考、画面思考、画面记忆。知识影响创意,叛逆是创意的源头。狂热比毅力重要,乘法比加法重要,能力比学历重要,专精比广博重要,技巧比勤劳重要,效率比努力重要,终身学习比文凭重要,时效比什么都重要。及早选定人生的那把刷子,为自己设计一生的旅程。

努力创造自己的学习宝典吧!创造力就是以行动落实想象力。快乐是智慧的起源。命运写在每个人的心上,每个人都能掌握自己的命运!

蔡老师兴奋得像个小孩子。他说:"我很小就开始思考,从小就不太相信白纸黑字,因此,我的观念与大多数人有很大的不同。例如,很多人都认为漫画的题材无非是幽默、讽刺、故事剧情漫画或政治漫画。"

他又说:"我从来都认为,漫画只是一种表达手法,一种语言。就像文字可以写诗歌、散文、小说或长篇论文一样,并没有谁硬性规定文字只能写特定的东西。'漫'就是漫无边际,漫画可以画任何有意思的题材,可以通过漫画画任何东西。所以三十年前,我才会选择画中国诸子百家。不跟别人在漫画红海比画工与技巧,而是找到自己宽阔的蓝海。"

蔡老师的思想往往是一针见血——往往是利用一句话阐明他想要表达的观点。他从来不遮遮掩掩，更不会拐弯抹角。发表观点的时候，他的简洁明了甚至会让人感觉他的论点十分尖锐。他善察弦外之音，他善于洞察的眼睛能够在观察事物时穿透表象，抽丝剥茧，归纳出真正对他有用的部分。他拥有着异常强大的好奇心，年少时的他，就已经博览群书：历史、政治、哲学无一不涉猎。他依目标的性质和重要性对事物做选择性的记忆，而且能过目不忘。换句话说，他知道该保留些什么在脑海里。他的思路井井有条，他的目标有先后之分，也有整体局部之分。因此，他的观念、行动、策略也有清晰的章法，循序而行。他要求下属的报告和意见不得徒为辞藻华丽、漫无边际的空论，不得只是令人起敬但大而无当的理想。他要求其中必须指出确定的目标、具体的事实根据、实实在在的评估及合理预期的结论。

蔡老师作为一个跨时代的智者（因为他既勾勒出了中国古籍里的美，也画过现代社会被广为接受、传播、流行的美），他创作的动力支配着他把笔尖变为书写人类文明的工具。我们的思想畅游于"漫画诸子百家"的世界时，深深地浸泡在黄金时代那些先贤们的思想情绪里面，深深打动我们的是其中歌颂世界、肯定真善美及对儒释道思想的宣扬，那是一位思想家的心灵巅峰。反观作品时，才发现蔡老师的生活经历和体验与作品有着很深的联系。蔡老师利用了艺术的表达方式，将古人所诠释的宇宙间的真理渗透于作品，潜藏于每一个轮廓与字句之间。

当我们聚焦于蔡老师的内心世界之时，我们才发现他绝不仅仅是智慧的搬运工，而是一位真正的智者。他拒绝了普通人对于创作的束缚和反作用力，他完全不受制于怀揣着什么样的情绪，就会诞生什么样的作品这一创作法则。他仿佛进入了内心中的一间空无一物的小房间，在这里迸发出无限的创造力与灵感的火花，使作品具有强烈的个人意义的同时，又具有伟大的时代意义。

当我问起蔡老师是如何在底图完全不同的情况下进行立即创作的时，他说了一句："我并不需要什么灵感啊，一切都是立即就在我的大脑里呈现。"

我们慢慢地就会发现，他的心境明显地渗透在纸张上面。他在纸上完成的是他尽其毕生努力想要完成的思考的任务，他笔下的那些栩栩如生的人物形象，就是他精神生活中的一个物化替代。

对于蔡老师来说，他的梦想就是用画笔来继续叙述流传了两千余年的儒、释、道，以及其他中国传统文化。

身处当下，传统文化对中国人的思想的指导作用是其他学说难以企及的。以老子为代表的道家为中国人补充了儒家未涉及的思想领域，开辟了一条独特的思路。而其中的庄子更是建构起一个超越的"道"的世界。庄子思想中对人生起到指导作用的一面即其人生哲学，这也在历史长河中对一代代文人士大夫提供了精神归属。

蔡老师的思想与庄子相差无几，可以概括为两个字："自然"。人在现实生活中游走，应当像无厚的刀刃在有间的骨节中一样毫发无伤，"因其固然""依乎天理"。蔡老师似乎像庄子一样行动着。

有一次，我问蔡老师："您更像孔子还是庄子？"他说一定是庄子。他俨然是捍卫自由者，是捍卫人们的阅读自由者，他使得人们在这个口水书横行的时代依然有着阅读传统文化书籍的自由。从历史的角度看，他比做一官、征一国的人更加伟大！

"若夫乘天地之正，而御六气之辩，以游无穷者，彼且恶乎待哉"，即描绘了一种不受外力的限制和支配的自由境界。实际上，互联网时代，大多数人思考的内容、思考的模式都是相同的，人们的精神世界贫乏单一。而蔡老师的漫画所创建的独特心灵家园，则可以让精神自由自在地遨游其中。精神世界丰富而自由，应当是人类文明进步的标志之一。

蔡老师的人生哲学以及梦想，如同庄子那样，以心灵的逍遥自由为特色，以体道为目标，以齐物合一为方法论，以超越为出路。将古代的经典文献有选择性地、有针对性地变为通俗易懂的漫画，能帮助我们从不同的视角观察到古人的智慧，让我重新深入思考人与自身的关系、人与人之间的关系、人与文化的关系。这就是蔡老师的梦想，这就是蔡老师所拿手的事物！他的人生哲学不仅对个人成长有指导性意义，对人类的进步都有着明显的参照作用。

蔡老师的一生为何成功？他利用了身边的一切作为他的支点，他利用得越多，就能够翘起越大的目标。我想，这就是他成功的直接原因吧。我们每个人身边都有很多的资源，只不过我们不懂得怎样去把握，从而白白地让机会在我们眼皮底下从容地溜走，留给我们的只有惋惜。而把握住机会的方式，就是时刻关注自己身边的一切，把每一件事用心做到极致，令我们真正能够面朝光，做到问心无愧。只有这样，我们才能够变为一个磁铁，把周围的所有机会吸引到我们的身边。"圣人为因，凡人为果。"我们只要把事情做到极致，做好自己能力范围之内的一切，不论吸引到了什么结果，我们都可以坦然地接受。

一个人凭借自信和勇气、凭借激情和幻想、凭借勤奋和意志所能得到的，蔡老师全都得到了。为了光荣与梦想，就像蔡老师那样，又有什么可以横亘在面前呢？寻着伟人的脚步，我们何惧前行！

## 人生智慧箴言

每一道门都有其对应的钥匙，每一个领域都有不同的关键，找到钥匙比努力开锁更重要。

每个人都是独特的，每个人都是经典之作。

当我们的心充满别人的主意，创意便在里面窒息，太多的知识妨碍创意！

思考时先取消自我限制，让想象力纵情奔驰。

想象力比知识重要，帕斯卡三角无法让你推导出真理。

教育的目的应该是帮助学子找到自己的天赋，启发他独立思考、辨明是非与发挥价值的能力，最后才是授予他前人智慧这个厚礼。

思考是困难的吗？
思考得先有思绪，抓住其中最奇妙、最有意思的线头，徐徐拉出观察，直到发现巧妙的关键处。
要具慧眼，看穿其中的破绽。

创造者无法依循前人的脚步，他必须寻找自己的路，探索生命里的丛林；必须放掉群众的头脑、集体性的心理状态。

保有创造力的方式，就是要一个人单独前进。

人类需要一片自由的土壤，每个人都可以自由地做自己。
以自己的方式，活出自己的精彩。

唯有如此，创造力才能展现。

健康的人是创造性的，创造力是全然健康的一种芬芳。

当一个人真正健康、完好时，创造力自然会来到他身上，创造的渴望会升起。

一个人必须具有某种诗人的气质，才可能在他的领域出类拔萃，成为最高典范。

无论他是做总统、剑客还是普通人，都是如此。

诗人的工作在于一与无限之间，画家将外在客观以内在主观重现，数学家的心在无限大与无限小之间摆荡！

智者的眼从已知中看穿未知。

诗人的心由人间联系到地狱与天堂，创造是将心灵蓝图具体化重现。

形色是画家的语言，将变化以空间呈现。

高低、大小、节奏是音乐手法，变化于时间之间。

而数学家则是从无秩序中推出有秩序，从杂乱中求得对称和谐，从无限多参数中找到明确、简洁、精准的终极。

数学家与画家、音乐家、诗人一样都是创造模型的人，虽然他们透过的是形色、节奏、文辞、数字，但都为了呈现美丽、和谐的宇宙万物真理。

诗揭开这世界中所隐藏的美，并由平凡中看出不平凡，由寻常中看出不寻常。

智慧的天眼能从不明显的幽暗角落看出真实！
如果你解决不了一个问题，那么必有一个更简单的相关问题还没解决，去寻找它吧！
而非问题无法顺利解决。
并不是他们看不出答案，而是他们看不出问题。

人总是踩着自己的影子前进！

如果我们不够高大，当然只能活在别人的影子之下。

生命之美就在眼前，在当下、瞬间！

不要用你所学的来判断是非，要用你的独立思考来检验错与对。

每个人都具有智慧的天眼，每个人都有能力看出真实，因为真实亮而刺眼，但很多人闭起眼来不肯正视！

大多数人花太多时间去换取他不需要的东西。

一生磨一剑，只要方向、方法正确，没有不成功的！